中共重庆市委宣传部　重庆市作家协会文艺创作资助项目

丛书编辑◎重庆图书馆　丛书主编◎任　竞

图文双语境·文旅丛书

山水之城·美丽之地

川江词典

陶　灵◎著

把重庆历史文化、自然风景解读给更多人，
带到更大的世界去。

西南師範大學出版社
国家一级出版社　全国百佳图书出版单位

图书在版编目（CIP）数据

川江词典 / 陶灵著 .-- 重庆：西南师范大学出版社，2020.9
（图文双语境 · 文旅丛书 / 任竞主编）
ISBN 978-7-5697-0384-9

Ⅰ．①川… Ⅱ．①陶… Ⅲ．①散文集－中国－当代 Ⅳ．① I267

中国版本图书馆 CIP 数据核字（2020）第 170162 号

图文双语境 · 文旅丛书

川江词典

丛书编辑◎重庆图书馆　丛书主编◎任　竞
陶　灵◎著

责任编辑　李晓瑞
特约编辑　陈　涌　姚良俊
书籍设计　双安文化　向加明
封面题字　周凌云
封面摄影　郑云峰
出版发行　西南师范大学出版社
网址　www.xscbs.com
地址　重庆市北碚区天生路 2 号
邮编　400715
经　　销　全国新华书店
印　　刷　重庆市开源印务有限公司
幅面尺寸　175mm × 175mm
印　　张　10.5
插　　页　1
字　　数　262 千字
版　　次　2021 年 1 月　第 1 版
印　　次　2021 年 1 月　第 1 次印刷
书　　号　ISBN 978-7-5697-0384-9

定　　价　68.00 元

目录

MULU

川江词典

航 部

岸 部

食 部

插件：峡江救生船志

● 宋 · 夏圭《长江万里图》(长卷)

● 宋·赵黻《长江万里图》(局部)

编者的话

BIANZHE DE HUA

图文双语境 · 文旅丛书由五本书组成，即《重庆十八梯风情档案》《重庆城的老龙门阵》《大足石刻人文档案》《川江词典》《巴风渝韵话古今》。双语境，就是从文字与图画这两个方面所进行的行文表达模式。在双语境中，不仅文字是作者情志的表达途径，图画也是与文字相偕而行的表达符号。这种图文双语境也是一种双向补充，是对文本内涵和意蕴的双向拓展，从而使读者获得更为交汇融合、意蕴深邃的阅读效果。

本丛书从各自的角度对重庆悠久的历史与美丽的自然风光进行了深入反映。重庆丰富灿烂的文化与深厚的历史底蕴是经过漫长的时间历练而来的。一方面，巴渝文化不仅是组成中华文明的要素之一，而且在现代以卓越的形态绽放出了新的风采；另一方面，重庆的自然风光、城市景观可谓是美幻迭出。如果说主城区的魔幻 D+ 城市景观是科学技术与重庆特有地理条件超越性融合的巧妙展现，那么周边区县的风景名胜则为这一构筑思想的天然延续空间，假以时日，这种美致的城市空间形态必将进一步扩大，那些镶嵌在各处的风景名胜必将在新重庆的城市形态下得到彰显，焕发出新的巴渝神韵。

本丛书以“一座城——‘十八梯’，一条江——‘川江’，一座山——‘大足石刻’，摆‘老龙门阵’”为主线，绘出了数千年的“巴风渝韵”。每本各有侧重，其大致情况如下：

第一，《重庆十八梯风情档案》是山城重庆街市风貌与民俗风情的生动反映。“十八梯”可以说是巴渝文化、重庆人文风情的生动缩影。随着城市化的发展，“十八梯”将以全新的面貌呈现在人们面前，《重庆十八梯风情档案》就是在这一历史性的场景之下走进了人们的视野。本书以丰富的图片将“十八梯”的变化过程生动地体现出来，让人们对“十八梯”的前世今生有了清晰的认识，令人印象极为深刻。

第二，“龙门阵”一般侧重于对一个地方市井里弄的传说或民俗等进行描写。本丛书中的《重庆城的老龙门阵》自然并未从这一叙述传统中跳脱开来，但以小见大、见微知著的宏大叙事则是其另一个述写的动机。

第三，《大足石刻人文档案》以“硬处着笔，冷处着眼”的方式展开：历经数千年，我们仍能从冷厉而不失柔和的刻线与缝隙中感悟到巴渝佛教文化的圭臬。从本书中，我们看到的不仅是仙风与神格，而且更有万千姿态的人生故事。遍观大足石刻，无论是“五山”那些典型的摩崖造像，还是各处的碑文铭刻，都能让我们领略到“儒释道”三教融合的文化轨迹，窥得巴渝之地源远流长的文化融合与创新。

第四，“川江”自然指的是长江上游河段，因为这部分河段大部分都处于原四川境内，所以被称作“川江”。故此，《川江词典》就是从长江上游河段这一地理空间下的时间视角对此间发生的很多故事的记述或回顾。从巴渝文化的探索来看，这不失为一个不可多得的角度，从河流入手来挖掘渔猎起家的巴文化，进而从中发现巴渝文化的发展脉络与路径。

第五，《巴风渝韵话古今》从对一条条石板路、一个个残留的城垣的研判中展开：在变迁的时空中，“巴风渝韵”似乎已从耳畔唇边溜走，或者藏匿在了新的城市轮廓之中，但冷不丁地我们仍然能从迅疾变幻的时空中捕捉到一些痕迹，甚至从那些迅疾变化的时新潮流中获得一些灵感，来构筑新的巴渝风采。这些自然要从人们所熟知的“展言子”说起，更要从人们每日离不了的渝菜来回味，等等。如此，我们方能觅得巴渝文化的灵魂，获得巴渝风韵的神髓，进而总领出新时代巴渝文化可能的发展趋势与方向。

总之，在探索巴渝之大美的过程中，我们不仅要从巴山渝水的自然风光、民俗风情中来勾勒出集体无意识中的巴文化印象，更要在动态不居的重庆味道与魔幻 D+ 的城市轮廓中辨析出巴渝文化的符号密码。如此，方能成就“行千里，致广大”的山水之城，美丽之地。

序言（陶　灵）

XUYAN

很早的时候，我写过一篇几百字的短文《指月亮》——用手指了月亮，夜里会被割耳朵。按那个年代的说法，这是个迷信。我没按这个套路去写，而是说："我把这事告诉奶奶。可是，奶奶听后没有责怪我，反而哈哈大笑起来……"文章被一位编辑赏识："有趣。"刊发在《中学生文艺》创刊号上。后来又选入小学二年级的语文阅读课文。

从我公开发表第一篇短文至今刚好四十年，写作的路又弯又长，中途还歇脚十八年，所以收获很小。但一直没忘记当年编辑的话。

有文友说，写作要有深度，对社会要有认识。我也想啊，可难以达到这个高度。唯有趣，我可学。有趣，身心健康的人都能体会。

贾平凹说："人可以无知，但不可以无趣。"

王小波说："一辈子很长，要跟有趣的人在一起。"

《菜根谭》中说："读书穷理，识趣为先。"

我说："写有趣的故事。"于是，一开始写作《川江词典》时，我就在努力这么做。不知效果如何，现在接受各位读者的批评！

水部

CHUANJIANG CIDIAN

SHUIBU

水猫子和水老鸦

川江江湾及支流、河口地带，水流平缓，打鱼人划着渔船，装着水猫子和水老鸦去捉鱼。小时候，父亲有空时，经常带我去看。打鱼人一拍手，水猫子就蹦下船，钻入水中。水老鸦要用桡片或篙竿赶、打，它们才下水。

水猫子是俗称，学名水獭，鼬科动物，善于游泳和潜水。成年水猫子包括尾巴在内，有一米多长，体重七公斤左右。水老鸦学名鸬鹚，一种大型食鱼鸟。它的羽毛乌黑发亮，体长八十厘米左右，重约两公斤。水老鸦寿命大概十五年，长的达二十年。

水猫子四肢短，即便站着，看起来也像是蜷伏在船头。它随时都被一根长绳子拴着。父亲说："水猫子性野，不拴起，就游跑了。"水老鸦有时立在船头，有时站在渔船中间的篾席棚上。我问父亲："水老鸦怎么不拴起呢？"父亲回答："它的翅膀毛剪了的，飞不起来。"

江河上渔船有大有小，一种名"三块板"的小渔船在水面上轻盈如飘叶，由三块薄木板经火烤塑形后钉成，只能装下一人，站或坐在中间，双手握单桨左右划行。人也可站立，用篙竿左边划一下右边划一下。下河打鱼时背起三块板出门，打完鱼又背着回家。

一般的渔船叫小划子，比三块板大两三倍。第二个舱为活水舱，底板有洞，与江水相融，临时养鱼。这种渔船前头无艄，后艄代舵，单桡，打鱼人左手掌艄，右手划桡。如果船尾也无艄，则推双桡前行。小划子渔船都是各自打鱼，不扎堆，下网、布钩、手打和水老鸦与水猫子等全套方法都会。打鱼人多为夫妻，吃住在渔船上，以船为家，过去生儿育女也不离船。父亲说，小划子造好后，下水时，要人多，一口气推下河，一切才顺畅。

川江一带打鱼人，唐代的时候就驯化水猫子和水老鸦捉鱼。川东山区和大巴山一带的溪河有野生水猫子，以前在乡场集市可以买到。买的时候只要重量过两斤但不超两斤的，太小，养着不划算；太大，养不家（川东一带土语，指养不熟）。买来后每天喂它小鱼吃，长到四斤时才开始训练。打鱼人在水中抛开旋网（手网），慢慢收拢，拨开手边一个网口，丢进一两条大鱼，然后放水猫子下去。它平时吃惯了鱼，一会儿嘴巴上就咬着一条鱼钻了出来，全身湿漉漉的，一抖，水散开，毛干了，防水性好。打鱼人抓住它的颈子，把鱼夺下来再丢进网里，让它再去捉。像这样，一只水猫子要训练一年左右才能正常捉鱼，可使用十八九年。如果某一天死了，打鱼人会把它埋在山上。

民国时期，冬腊月水枯，重庆城的广船出不了川，一些桡胡子就到下梁沱去抓水猫子，它们的窝在江心石梁隙洞里。桡胡子在背风处搭个简单篾棚，白天探好水猫子下水捉鱼的路线，天黑了就去设陷阱网。清早，水猫子出来，一触碰到机关就被网罩住，桡胡子立刻冲过去隔着网把它按住。但用力不能太大，弄死或弄伤了不值钱。力太小，水猫子很灵性，反过头来就是一口，咬到桡胡子的大拇指，会钻心的痛。如果顾痛，手自然会稍微松一下，它嗖的一下窜出去跑了。抓到的水猫子归船主，小的卖给渔民驯化抓鱼；大的难驯化，杀了吃肉，皮毛贵，卖钱。去抓水猫子的桡胡子都有工钱，亲手抓到的，额外得到一块大洋，作为奖励或拿来治咬伤。

水猫子捉鱼，先用爪子抓，然后用嘴咬住。其爪锐利，抓鱼很稳。它钻到水中时，可以关闭耳孔和鼻孔，防止水侵入。水猫子食鱼为主，也吃蛙、螃蟹、鸟类，放它捉鱼前，饿上一段时间，捉鱼才努力。

据说，水老鸦最先是从安徽一带买回来的，驯化时怕它飞跑了，要剪掉左边翅膀上的六支羽毛。它的嘴壳子前端是一个锋利的弯钩，啄到鱼，鱼是跑不了的。碰到大鱼时，它就发出嘎嘎嘎的叫声，其他老鸦马上赶过去，不一会儿，一只啄鱼头，一只啄鱼尾，抬着一条大鱼露出水面。江河汛期水浑浊，水老鸦的眼睛会看不见，不能捉鱼。父亲说，他在汤溪河水非常清澈的时候，看过水老鸦捉鱼。鱼在前面使劲游，水老鸦收紧翅膀在后面猛追。本来追不上，那鱼笨，不时转过头来看水老鸦还有多远，当然就被咬住了。

水猫子捉的鱼比水老鸦捉的大，一般三到五斤。水猫子与水老鸦也合作捉鱼，水猫子钻进石洞中，把鱼撵出来，水老鸦等在洞口。打鱼人在它们颈子上都系着一根细绳，这样它们捉到鱼后才吞不到肚子里去。它们含着鱼回到船上，打鱼人解开细绳，奖赏一两条小鱼，或猪心肺之类的肉食。它们往往捉了鱼，都不轻易松口，虽然颈子上系着绳子，还是要往肚里吞，不过都卡在了喉咙里。如果水猫子吞了鱼，就使劲踩它尾巴，它就痛得张嘴吐出鱼来。水老鸦吞了鱼，打鱼人就把它倒提起来，用力甩，直到鱼掉出来为止。水老鸦颈子系绳的时候要费事点，它颈子长，系得靠上了，咬不住鱼，系得靠下了，鱼滑到肚里。而且系紧了，它又呼吸不畅，不愿啄鱼。打鱼人一般用稻草系，有韧性，以手指能插进去为佳。

水老鸦捉鱼的情景现在一些小河上偶尔可见，但水猫子几乎没有了踪影。

20 世纪 60 年代中期，大巴山与秦岭交界的秦巴山区突然来了一些鄂西地区的农民，他们多以父子、兄弟为伍，手里都拿着居住地“革委会”的证明。他们专门在嘉陵江两岸的山溪边找人户住下，沿溪河寻找水猫子的粪便。傍晚时，就在这些河段里安放带铁钩的绳网。天黑下来后，一群水猫子顺流而下，最前面领头的一只大水猫子一下子撞在网上，锋利的铁钩迅速刺入它的皮肉，它越挣扎越痛，凄惨鸣叫。其余水猫子慌忙逃命而散。半个时辰，这只水猫子血尽溺水而亡。这时，躲在暗处的人便下河收网，获取水猫子。第二天，这些人剥水猫子皮，不破开，像脱紧身裤一样剐下来，插入一块木板把皮绷直，吊在屋檐下晾干。接下来几天，这些人把一段河上的大水猫子都捕得差不多了，只是小水猫子上钩了才停手。然后收拾工具，朝下一个河段走去。

沈从文先生的散文《一个戴獭皮帽子的朋友》里写道："他的头上，戴的是一顶价值四十八元的水獭皮帽子，这顶帽子经过沿路地方时，却很能引起一些年轻娘儿们注意的。"古籍中也有很多利用水猫子毛皮的介绍，因此人们一直把它作为毛皮动物大量猎杀，过去水猫子也曾一度被当成危害渔业资源的害兽被清除。20 世纪 50 年代初，广东每年收购水猫子皮上万张，而三十年后的 1981 年，只有三百多张。

秦巴山一带的山民从鄂西人那里知道水猫子价值后，也学会了捕捉方法，在各条溪河中猎杀，无论大小都不手下留情，水猫子遭到了灭绝之灾。

我在开县（今重庆市开州区）农村修堰塘时，有个外号王日白的老头来做活路，做着做着就开始摆龙门阵。年轻时他当草药医生，专医信羊子（淋巴结肿大），走乡串户，故事多，我也跟着听，从不被制止。

有一次，他讲一个本家（同姓人），东河的王打鱼匠，祖辈都打鱼，见天有几块钱的收入，缴了集体的留存，在 20 世纪 70 年代也算是殷实户儿。王日白说，王打鱼匠只养水老鸦，下了蛋再抱儿（孵化），越养越多。世上很多禽鸟自己不会抱儿，蛋靠日光孵化，而家禽中的鸭、鹅是由鸡母抱儿，想来，水老鸦蛋也只能放在抱鸡母的窝里。

但王日白的龙门阵却吹得大："王打鱼匠的水老鸦蛋，是人抱的儿。"

我一点也不信："你真是'日白佬儿'，人怎么抱儿？"王日白急了："我亲眼看到的！狭孔（腋下）夹起抱的。"于是，他讲了抱儿的过程。王打鱼匠一般请农村佑客做这事，不但要给工钱，还包吃包住。这个佑客每天狭孔里夹着水老鸦蛋，睡瞌睡也夹着，不做其他活路。吃饭时，王打鱼匠的佑客才打一下替。大概一个月时间，就抱出了小水老鸦。

"不小心，蛋掉在地上了或被夹破了，怎么办？"我很疑惑。

"用木板和布带子，把手和蛋绑起的，不会掉，也夹不烂。"王日白张开两只手臂，学着抱儿的佑客样子，走了几步，说，"她白天都是这样子站起的。"

我很好奇，想知道真实原因，问："为啥要人抱儿？抱鸡母又不是不得行！"

王日白挺认真地回答："水老鸦不是都可

以捉鱼的，有的再怎么驯化，也不会捉。人抱出来的水老鸦，通人性，才好驯化。”接着，又惋惜地说：“唉——王打鱼匠坐了牢！”我忙问：“请人抱儿也犯法？流氓罪？”“不是！不是！”王日白连忙解释，“记不起是哪一年了，东河涨大水，他打渡，淹死人了！”

王日白叹息道：“王打鱼匠被抓起来后，佑客在家卖了房子赔安埋费，一个原来殷实的家就败了。”

“本来打第二渡时，一条红鲤鱼蹦到了船头，有预兆打不得了。他看到生意好，想多打几渡，结果翻了船。”王日白又补充道。

后来我在《开县志》上看到一条记录：“1974 年 9 月 29 日，东河涨大水，王爷庙封渡。康家咀（嘴）王 ×× 将渔船租给既无技术，又无执照的肖 ××、张 ×× 打卖渡，载客 25 人，船未能到达予（预）定靠岸地点，打张溜江翻沉，死 16 人，王、肖被判刑。”

不知这个王 ×× 是不是王打鱼匠，我没问王日白。

救生總局
太平池
太平池

渔　坊

我平时在川江见得最多的是手罾子罾鱼。竹竿绑扎成丫形架子，网袋绑在丫口上，罾鱼人双手握住竹竿下端，站在岸边，顺流慢慢罾下去，直到双手够不着的时候再提出水面。如果网里没有收获，再来第二次，周而复始。一人操作，简便、灵活。

罾鱼时站的地方要有讲究，才有收获。川江水流湍急，礁石纵横，形成很多的回流深水凼。凼里水温较高，是川江鱼的越冬场所，它们大都选择在里面产卵。它们习惯从岸边的滩头逆流冲进深水凼，就是民间所说的川江鱼喜欢斗滩，罾鱼时就站在滩头的岸上，人称“手罾斗滩鱼”。这滩头名坊，或背，或嘴，如白鱼坊、聚鱼坊、罾鱼坊、青鱼背、鲟鱼嘴等，也有叫鱼藏石、罾鱼包的，但川江人把这些罾鱼的地方统称为坊，说渔坊，大家都懂。渔坊的具体罾鱼点又叫漕口。

旧时，川江西陵峡一带的渔坊属私人或某一姓氏的宗族财产，每年秋冬枯水期都要进行整修，为了方便罾鱼。葛洲坝水利工程蓄水前，可见秭归新滩猫子石上刻有从清光绪至民国二十四个年份，还有对北

◀

注：本书所有插图，均来自清光绪九年（1883 年），时任宜昌镇总兵罗缙坤编著的《峡江救生船志》。

岸渔坊进行整修的文字，其中写道："若无漕口，即不能生活，更不能完国稞矣……始建成永久衣食之基。"这个渔坊为一聂姓私产。秭归茅坪一带的渔坊则属韩姓所有。清光绪年间，韩姓嫁女到一户龚姓人家，将野背以下江段的渔坊作为嫁妆，陪嫁到了龚姓，于是，茅坪一带渔坊有了韩坊和龚坊。没有渔坊的渔民，租坊捕捞。捞到鱼后，先交官府渔税，再交宗族的租坊费，最后剩余归已。1949 年后，所有渔坊收归集体所有，成立渔业合作社。秭归县人民政府资助，建成较大的渔坊五座、漕口一百多处。

腊月一过，川江舀鱼旺季到来，舀鱼人纷纷下河，日伴江水，夜守孤舟，坊不离人，网不空时，俗话说"秋水涨，不下河；春水涨，不上坡"。渔坊的每个漕口只能站一个人，大家轮流舀，每人九十九网，不能舀一百网，与"白舀"谐音。等轮子的舀鱼人，可在漕口的上游下舀子，捡漏网之鱼。舀鱼人之间有默认的规矩，没到九十九网就舀到四五斤大鱼的，必须立马让位下一个，再排轮子。后来川江大鱼少了，能舀到两三斤，甚至一斤重的鱼已算幸运，也得让位。

经验丰富的舀鱼人，都识川江上的渔坊。江北县五宝镇李老头儿，识水性，会看渔坊，一年到头都在下梁沱一带舀鱼。"土改"时分地，他没要，执意以打鱼为生。夏秋两季，他都睡在江边背风的岩嵌下，地上铺一件蓑衣防潮。到了下半夜四更天，听到崖上石板路上有人说话或走路的声响时，他就醒了，爬起来裹一根叶子烟。抽完，抄起手舀子，披起地上的蓑衣就下河。蓑衣可避天亮时的露水。最多九十九舀子，必有收获，然后马上扛起网回家。每次舀到一两斤以下的鱼，他都会放生，对鱼说："你还太小，再长两年再来吧。"

有时，李老头儿扛着手舀子，走到渔坊，听听江水的动静，不下一网就回去了，说："今天鱼过了。"也有时，他晚上正和人摆龙门阵，摆着摆着，突然说："我去去就来。"边说边抄起手舀子直奔河边。又是不出九十九舀子，定会有鱼。还有时，他舀着舀着，突然停下了舀子。旁边的人问他为什么，李老头儿回答：给"连二石"让路。川江边的老人一听就懂，舀子里进了大家伙，手里感觉像一条砌房子地基的"连二石"那样重，人纵有千斤力也拉不出水。这时如果不及时放手，连人带网都会被拖下去。川江边每年连人带网被"连二石”拖下水的舀鱼人不少，而多是老头子。

李老头儿一生没娶，活到八十几岁。最后几年扛不动手舀子了，帮生产队照看保管室，吃五保口粮，无疾而终。他说，我一辈子舀鱼，不该有后。

烟收壩
上五隴
下五隴

虎牙灘江石齒齒
水漲則噴激不可
上舟行至此必北
避虎牙南循荊門
而上
虎牙灘
屏風關
救生船
仙人橋
荊門十二峯

水打棒

一

川江里死了的人，大概三四天后被泡胀了，浮起来，肢体僵直，像木棒一样飘在水面，从上游冲来，土话说“水打起来的”，因此称“水打棒”。 也有人喊“水大胖”，意思是被泡胀了。

每到夏天，大人都要恐吓自家的细娃儿：“莫下河去洗澡哟，谨防水打棒把你拖去了！”我姑妈更是说得有鼻子有眼：“这几天吹的河风里，我都闻到一股血腥味儿。”

然而每个夏天，真会有那么一两个细娃儿被水打棒拖走。20 世纪 70 年代末，我初中时的一个暑假里，班主任陈老师的大儿子就被水打棒拖去了。他家人当天就找打鱼的人用滚钩在江里捞，第二天才从下游几十米远的地方捞了起来。我和同学跑去看，陈老师坐在江边的沙滩上哭得昏天黑地，这时，她儿子的鼻孔里突然流出一丝血来。曾听大人们说，淹死的人打捞起来后，遇到亲人，鼻孔里会流血。原来真有这么回事。这么诡异的事情竟被我亲眼所见，至今令我悚然。

二

我们县城云阳最东边是汤溪河汇入川江的河口，称小河口，下面有一个叫三漩沱的回水沱，上游冲来的水打棒在沱里打旋儿，不容易冲走。小时候在江边玩耍时，我常看到一个人划着木划子（小木船）在那段江面来来往往。同街的波儿爷爷说：熊老匠又在捞水打棒。

下川江一带称中老年人为老匠，其实熊老匠还不到五十岁，但面目又老又黑，大家就这么叫开了。熊老匠捞了水打棒，拖到岸边后，喊三漩沱码头卖渡船票的杨老头查看，并在本子上记上时间、男或女、大人或小孩。杨老头确认后，在记录后面盖上私章。熊老匠再和佑客把水打捧抬到荒山坡上埋了，然后拿着本子去城关镇人委领钱，捞、埋一具能挣六块，不分男女，但小孩减半。

清代的时候，在川江上捞了水打棒，由水师汛防舢板的哨官验证，每具赏掩埋钱一千文，包括买棺材和立碑的钱都在里面。水打棒的墓碑上刻着编号和男女等内容，与名册上的一致，以备衙门核查。水师的汛防舢板承担现在水上公安局、海事局和防汛办的一些职责。

熊老匠一家八口人，上有老母亲，下有五个儿女，衣食无着落了才来捞水打棒。民国时期，云阳县城码头按区域和货物分设十二行帮，俗称十二棚，其中西门口有一棚专捞水打棒，熊老匠的父亲就在这棚里捞浮尸为生，因此他才重操父业。几十年后熊老匠的儿子说，不是经常捞得到水打捧，一家人要吃饭，我老汉有时晚上悄悄打私渡挣点钱，才能糊口。

最初，熊老匠穷得连捞水打棒的小划子都没有，等江里发洪水的时候，就邀约一个叫谭四娃儿的“兄弟伙”一起捞浮财。每年从桃花汛到秋汛的几个月里，川江要发几河（几次）大水，上游飘来的什么东西都有，死猪、活牛、树木……当然也有死人、活人。

我有个乡下的远房舅舅，家住岸边吊脚木楼。1981 年川江发洪水，百年来水势最大，水慢慢涨起来后，因为吊脚楼的排架（骨架）是个整体，房子竟然浮起来，漂进了江里。舅舅脱掉衣服，凫水爬上房顶，想用绳子拴住房梁。突然一个浪打来，房子被卷走了，舅妈在岸上眼睁睁地看着房顶上光着身子的舅舅渐渐消失在视野中。十来天过去了，洪水也退了，没见舅舅生还。舅妈哭着为舅舅办了丧事，棺材里放着他脱下的那套衣服。

谁知半个月后的一天夜里，舅舅光着身子回来了。原来舅舅和排架不知被冲到了下游什么地方，几天后搁浅在岸边，舅舅才游上岸脱了险。但身子光着，白天只能躲在石洞和树丛中，晚上再赶路，饿了就偷吃地里熟或没熟的庄稼，总算回了家。无意中，舅舅做了一次江上飘的活人。

谭四娃儿也住小河口，二十来岁开始跑广船（指出川木船，因湖北旧称湖广），还放竹排到武汉、上海一带去卖，澡洗得好（水性好），又会弄船。熊老匠（那时还真没老）看中的就是他这两点长处。捞浮财的第一年，发头河（第一次）大水的时候，他俩就发了点小财，捞到一头水牛和三只羊。牛羊肉换了几百斤苞谷，杂碎（肠、肚等内脏）被熊老匠煮了几大锅，让几个月没沾肉的一家子解馋。还好，这年汤溪河发淘浪（齐头水），打来一只鹅船（小河的一种船型），熊老匠在小河口捞起来，虽然船已烂成几块，但请水木匠改成了一只小划子，才有了求衣食的家伙。

三

江上有啥捞啥，那个时候川江和支流都放木排，属省上森林工业局的，偶尔有散落的原木顺江飘来，我们称“森工材”。沿岸有很多国营用材单位和水运企业也放排，反正都属国家财产，一般无人去捞，捞到了也枉然，要被当地国营木材公司没收。熊老匠和谭四娃儿捞到森工材后，不露声色，夜里才悄悄拖到岸边，在沙滩上挖一个浅坑掩好，然后再去找买主。

后来他俩得出经验，捞回的水打棒也先浅埋在沙坑里，等人来认尸。水打棒被泡得胀鼓鼓的，样子十分难看，家人看到后更是悲伤不已。沙可扯（吸）水分，尸体会消些胀，难看的程度就减弱了许多，同时重量也变轻了，就算没人来认领，抬到坡上去埋也方便些。

20 世纪 70 年代初的一个夏天，他俩捞到一个水打棒，腰上扎着一根军用牛皮带，因尸体发胀和在水中扯挂，衣服巾巾吊吊了。从布料和剩下的一只衣兜角以及牛皮带来看，应该是穿中山装的工作同志（对国营单位或机关干部的尊称）。熊老匠判断一定会有人来认尸，立马埋在了沙坑里。果然第二天就来了人，是上游六十公里外万县（现万州）的，打听到下游最近处只有熊老匠在捞水打棒，就直接来了，所以很快。

熊老匠和来人对上死者的外部特征后，刨开沙，用水把尸体冲洗干净，确定是要认领的。一般情况下，把尸体交给认领人后就完事了，但这次对方要求帮忙送到万县码头，船费和工钱照付。

尸体已经开始腐烂，异常臭。夏天，山坡上苦蒿疯长，熊老匠扯来一大把，把叶子搓出汁后塞进鼻孔，暂时闻不到尸臭。认领人买来一桶不知名的黑色药水和一卷土白布，熊老匠和谭四娃儿一起把尸体淋上药水后，再用土白布裹好。运尸船是熊老匠那只小划子，舱里也淋遍这种药水，基本上闻不到臭气了。

天蒙蒙亮，运尸小划子出发了。除了熊老匠和谭四娃儿，还临时雇了两个帮手撑船。因为是走上水（逆流），中途在一个小镇江边歇了一晚，第二天下午才到达万县码头。

熊老匠这才得知，这具水打棒生前是万县一个国防工厂的干部，为抢救国家财产而落水身亡，算因公牺牲，办后事的所有费用实报实销。厂里招待他们在港口最好的馆子里吃喝了一顿，临走又打了二十斤白酒，让熊老匠给小划子的船舱消毒。熊老匠是个“老酒罐”，舍不得全用了，留下十斤，拿回家喝。

四

每年发洪水的时候，江上的水打棒和浮财特别多，熊老匠忙不过来才约谭四娃儿“打伙捞”。平常熊老匠一个人巡江，有时喊佑客跟着去当帮手，她也熟悉了这门衣食。长期干这行，隔着很远，熊老匠一眼能认出江面飘浮的是死猪、死狗，还是水打棒。死猪、死狗四肢向上，水打棒是平的，而男女的漂浮状也不一样，男人头重，一般面朝水下，女人因盆骨大、屁股重，则仰面朝天。谭四娃儿却说，男为阳，是天，面朝下；女为阴，是地，面朝上。男女“造人”时就是这种姿势。

据说江上有一种水打棒，在水中两手向前平伸，直立漂浮，像是走路一样。遇到这种水打棒，熊老匠绝对不会去打捞，上辈传下的规矩是：代人捞尸，不代鬼申冤。说这已不是什么尸体了，而是一种“煞”。不过熊老匠从没碰到过。

看到水打棒后，熊老匠迅速划上去，先

用爪钩（安有铁钩的长竹竿）勾住，再把纤藤打个大活结，斜套住水打棒的肩和臂，然后拴在船尾拖回岸边。谭四娃儿不同，总是套水打棒的双脚，也行，反正不能套脑壳。水打棒浮在水面时已开始腐烂，脖子这地方细，容易把脑壳拉掉，成了无头尸。身子也不能套，往回拖的时候打横，阻力大。每次捞、埋了水打棒，熊老匠和佑客总是要用桐油洗手，然后在江边石缝里找一些卡着的“水湿柴”，烧一堆火，跨过去才回家。桐油可消毒，火能驱邪。

有一次熊老匠捞到一具水打棒，用小划子拖到岸边后，感觉很重，不像以往一下子就拉上了岸。仔细一看，原来水打棒身上捆着几根铁丝，用篙竿试探，身子下面绑有石块。熊老匠剪断铁丝，石块落下去，才把水打棒拉上沙滩。

这种水打棒明显属于异常死亡，熊老匠叫佑客去报案。紧接着公安局来了几个民警，询问情况，拍了照。这种水打棒一般也不会有人来认尸，熊老匠和佑客直接抬到荒坡上埋了。后来水退了几米，水打棒身上绑的石块露出来，是一块要四人抬的砌屋基的“连二石”。

清代时捞了水打棒也要报官。据巴县档案记载，光绪十三年（1887 年）的农历八月，有个姓李的船工具报，他在金鸡背滩下捞到五具水打棒，请监保查验，周身无伤后，才买棺材埋了。

熊老匠捞过一具女水打棒，光着身子，四肢被绑在一块木板上。太奇怪了，立马报案。熊老匠心肠好，等民警拍完照走后，自己花钱扯了一段土白布，把女水打棒裹好埋了。那块绑女水打棒的木板，丢在了岸边沙滩上。

小河口下面石板沟一个单身汉，过路时看见了木板，又见四处无人，赶紧挰回家里搭床睡觉。睡到半夜的时候，屋里来了一个光身女子，说木板是她的，要挰回去。单身汉从睡梦里醒来，蒙眬中一看是光身女子，心想还有这么好的事，不如叫她“搭铺”。可再仔细一看，女子面部肿胀、狰狞，分明就是一个水打捧。单身汉吓得翻身下床，挰起木板就往外跑，丢回了江边。

第二天，女水打棒要木板的故事在石板沟传开了。有个四十来岁的佑客心想，我捡回去当柴烧，女水打棒找来也没用。这佑客平常总爱占点小便宜，这时还是有些不放心，先放在柴棚里没敢烧。一连几个晚上，女水打棒的确没来找过她，才大胆地砍了煮猪食。煮好猪食，提着一桶去喂，她刚一转身，茅草灶屋就燃了起来。火虽然很大，可燃完茅草和檩子、桷板后就熄了，一点没伤到瓦房正屋。

这个佑客一下子傻眼了，坐在地上呜呜地哭起来，边哭边骂：你个该死的水打棒也——死了也要作孽呀——

熊老匠后来去镇革委领捞埋钱时，碰到镇派出所相识的民警，听说女水打棒的案子破了：这女人生前“偷人”，被丈夫发现后，绑在木板上抛了江。丈夫已被捕了，可怜两个娃儿都才几岁……

五

川江上的水打棒有落水淹死的、下河洗澡沉水的、被谋杀后抛尸江里的，当然也有跳水自杀的……而旧时的水打棒，多是淹死的桡胡子。

川江滩多水险行舟难，常有木船翻沉，每年在夔州（现奉节）、东湖（现宜昌）境内捞起的水大棒各有几百具之多。因此自古以来，川江上就有专门捞水打棒的人，工钱由官府造册发放。捞水打棒的小划子停靠在险滩下，船身漆成朱红色，船上的桡胡子也头裹红帕子、身穿红衣服，连吃饭的筷子都是红的，川江人称红船。红色醒目，压邪、壮胆。

明朝天启年间，三峡里的归州有个父母官叫周昌期，他拿出自己的俸禄，建造了两只小木船，设在吒滩，成为川江上最早的救生红船。吒滩在归州城下，由无数密集平行排列的石梁构成，波涛翻滚，旋涡密布，极其凶险。

红船不仅捞水打棒，更主要的职责是救生，遇有船只出现险情，立刻划上去搭救。红船上备有生姜和棉衣，为生还者驱寒、保暖，如果他们已身无分文，官府还会发给回家的盘缠（路费）。清代的川江，最多时有九十多只红船穿梭于险滩恶水间。沿岸设有官方的红船局，或由民间义善组织救生会、至善堂、拯溺堂等管理红船，并制订出各种救生船章程、救生条规，形成了一套完整的救生打捞体系。难怪一百多年前，第一个驾驶轮船在川江航行的英国商人兼探险家立德称：“红船是最忠于职守的中国官府机构。”上世纪初，一位来自英国的女画家也赞叹：他们看上去特别帅……勇敢而值得信赖。

巴县旧档案记载，江上的木船翻沉了，

有些落水者没被救起，禀告官府后，由衙门发信票差役，或责成红船、过河渡船打捞，事发地点的保甲长必须协同。捞起的水打棒，没人认领的，官府出钱买口棺材，由红船的桡胡子装殓后，把它葬在岸边的山坡上。沿岸都有专门的坟地，也是官府花钱购买的，称“义山”。在三峡中青滩的义山坟地里，曾建有一座三层白色宝塔并点亮招魂灯，为水打棒超度，好让其早日投胎人世。

六

熊老匠五十岁时生病死了。他儿子说，我估计老汉是喝酒太凶，沾水大棒的尸毒也多，才得的病。

熊老匠的佑客带着大女儿继续捞水打棒，儿子有时当帮手，他那时只有十多岁。埋水打棒的时候，姐弟俩都抬不动，熊老匠佑客喊码头的叶老头帮忙，每次分给他两块钱。

捞了几年，也不是个办法了。这门衣食的名声并不好听，对于女人来说又很艰辛，特别是女儿家做这个，不好放人户儿（嫁人）。而且到了 20 世纪 80 年代初，除了夏天发洪水，偶尔捞得到一两具外，平时江面上基本见不到水打棒了。随着大女儿嫁人，儿子被招进航运社，其他儿女都还小，熊老匠佑客终于放下小划子的舵和桡，一家子从此告别了捞尸这门衣食。

我有一个朋友是川江老船长，他说：以前在江上走船，经常看到水打棒，一般来说，我都会躲开，给它让路，不然会被螺旋桨绞成无数碎片，那样我的心也会不安。

这是江上讨生活的人对亡灵的一种敬畏。

李家河

東山寺
宜昌府
此處旱道通南

腊子鱼

川江上有一处碛坝，以前可用铁叉在水里叉鱼，得名叉鱼碛。早春的一天，在碛坝的江滩地边，我碰到一个栽苞谷秧的老头，他说："要什么铁叉，我老汉小时候直接拿菜刀就可以砍到鱼。"

我童年的时候，川江汛期涨水，淹没了岸边原先的草丛，小鱼虾大概被浑水呛了，直往里钻。站在齐大腿的水中，端起篾编撮箕，朝草丛撮去，一下子提出水面，里面都会有几条活蹦乱跳的小鱼。半天下来，大大小小也有了一二十条，可以吃上一顿了。如果运气好的话，还能舀到一种叫黄股头的无鳞小鱼，熬汤，色雪白，极鲜。

川江鱼多，种类也多，我叫得出名字的有鲤鱼、鲫鱼、草鱼、鲢鱼、鳜鱼、鲴鱼、鳊鱼、鲖鱼、鲶鱼和青波、黄颡、江团、花鳅、胭脂鱼，以及一亿多年前就出现了的鲟鱼。

鲟鱼有很多种，川江上主要是白鲟和中华鲟。白鲟体长，头更长，头部超过了自己体长的一半，如一把剑，也像大象的长鼻子，俗称剑鱼、象鱼。川江上有一句谚语："鲶鱼跟着象鱼（白鲟）走。"意思是依赖别人，跟着沾光得好处。白鲟在礁石缝里捕食小鱼虾时，先用长头把小鱼虾赶出来，但它嘴巴生在长头的尾端下方，食物常被跟着的鲶鱼抢吃了。

清末的时候，很多来川江的外国人记载，川江末端河段白鲟多，渔民大量捕捞，宜昌河街到处都在卖，价格便宜。有个英国人说，这鱼很大，几十上百斤，吃起来像牛肉一样粗糙。

1949 年，三个渔民在万县（今重庆市万州区）红砂碛捕获到一条大白鲟，比渔船还长，全城轰动。一些开明绅商知道后，倡议各位商会会员和船帮主，出钱买下放生。最后募得一百八十个大洋给渔民，将鲟鱼放回江里。三个渔民很想知道鲟鱼到底有多重，放生前，卸下船桅杆，与鱼一起捆绑后，抬到船上，用曹冲的办法秤得一千六百多斤。七十年后，其中一个渔民的儿子告诉我：老汉说，鱼大了，已成了“精”，它不是鱼了。

我生长在川江边，打从记事起，至今没见过白鲟。

那年我还在上小学，有一天中午上学路上，听说有人捕了一条大鱼，有几米长，在菜市街的国营东风旅馆里剖，我跑去看稀奇。坝子里围了很多人，那条大鱼就躺在地上，三个人正忙着从它的头和背上剖开。一个人稳鱼头，一个人掌开手（斧头），一个人用二锤一下一下地锤打。费了很大劲儿才破开，满满一肚子的鱼子。因为要上学，没看完剖鱼，我就走了。

回家后听周围的大人摆龙门阵，说这鱼叫腊子鱼，足足有一千斤重，被轮船的车耳巴（螺旋桨）绞伤了才让人捞到的。同街一户姓吕的人家，认识捕腊子鱼的人，弄到一盆鱼子，煮了吃后，几个细娃儿都流了鼻血。

那个剖鱼的场面至今留在我脑子里，几十年挥之不去。

川江腊子鱼是俗名，学名中华鲟，古称王鲔鱼，过去又称龙鱼、鲟鳇鱼。中华鲟体长，头呈长三角形，皮肤黑灰色或灰黄色，腹部为乳白色，全身有五行又大又硬的骨板。它生活在近海，每年从长江口洄游到川江与金沙江交汇一带产卵，第二年再带着幼鱼顺江而下，到海里生活。公鱼长到八年左右，母鱼一般十四年后，性成熟了，便洄游到故乡产卵。正是由于这种千里寻根、对故乡怀着眷恋之情的习性，鱼类学家伍献文先生深情地给它们取名“中华鲟”。20 世纪 80 年代初，葛洲坝截流后好几年，坝下面经常可以看到中华鲟的尸体，都是为了去上游产卵而撞上大坝致死的。

中华鲟产卵一带，过去每年寒露至霜降时节，有渔民用滚钩专门捕捞腊子鱼。我实在不忍心说“中华鲟”这个名字。

一副滚钩长几十米，食指粗的麻绳上，每隔一二十厘米用支绳绑上一根铁钩——将筷子头粗的钢条磨尖，烧红后弯成钓鱼钩形状，但无倒刺。滚钩一头拴在岸边的大石上，另一头绑着两百斤左右的石条，中间还绑有小石块，用小划子装起，划到江心，投入江中，等着腊子鱼过路。方法就这么简单，不需要什么技术，但只有老渔民才晓得在哪里布钩，他们认得到它往来的水路。腊子鱼过路时，滚钩深深刺入它的肉里，不易滑脱，想逃掉，会越动弹越痛，只能等着就擒。当然，一般都是几百斤重的腊子鱼，它们也不会乖乖就范，挣扎起来也能把小划子顶翻。渔民划着小划子跟它来回游动，慢慢消耗它的体力，等游得没劲了的时候，再用绳子套住它的头、尾，拖到岸边。后来渔民在支绳上绑两根铁钩，腊子鱼上钩率增大，挣脱的机会更少了。这种专门捕捞腊子鱼的滚钩，有些地方又称大滑钩。

我见识过滚钩的厉害。初中时，班主任老师的大儿子偷偷去江里洗澡淹死了，家里人请来打鱼船帮助捞尸体。渔民用滚钩在水里一遍一遍地拖捕，尸体打捞上来时，背被抓得稀烂。死人没有知觉，但生者看了心里更难过。

1972 年的时候，忠县一个四十多岁的彭姓渔民，那天和儿子一起划船出去放滚钩。一艘大客轮开过来，速度有点快，把渔船浪翻了，老彭和儿子都掉进江里。这种事过去也出现过，渔民习水性，爬起来就是。儿子很快爬了起来，可起来后没见到老汉的影子，慌了，赶紧呼救。其他渔船赶过来，在水下找到了老彭，原来他被几颗自己放的滚钩钩得牢牢的，已断了气。他可能是痛得没有了凫水的气力。长航局后来赔偿了两千块钱。

一个老渔民说，有一年，他一天捕捞到九条腊子鱼，大的九百多斤，小的五百多斤。年底，出席县里的捕鲟庆功会，吃到了专业厨师做的鲟鱼籽宴，鲜美嫩滑。那个时候，上川江一带渔业社都有捕捞腊子鱼的生产任务，是上级下达的。一个大热天的上午，在江边的篾席棚茶馆里，听老渔民摆捉腊子鱼的龙门阵时，我突然一阵寒战，想着那江面当时一定被腊子鱼的血染红了。我不再称这种方法叫捕捞，而是“捉”。

20 世纪 60 年代初的一天，巴县木洞一个渔民用滚钩捉到一条腊子鱼，很大，根本弄不上岸，只好用网罩住。它带着网在江里游来游去。镇上一位姓许的老先生听说后，赶到江边，花钱买下这条鱼，要求把它放了。被解网后的腊子鱼并没有马上逃生，这时，奇妙的一幕出现了：它围绕渔船慢慢游了一圈，然后一跃而起，蹦出江面二三尺高，然后才迅速游走。有个老渔民说，这叫“跳滩”，是腊子鱼在感恩。

十四年后的秋天，木洞的渔民又捉到一条更大的腊子鱼，不过这条就没有那么幸运了。那天，从涪陵开来的机动船停靠码头的时候，一条千斤重的腊子鱼被车耳巴绞伤，浮出水面，几只渔船联合起来打捞。鱼肉拿到街上去卖，木洞很多人家都买了吃。

上川江里溪渡口边的秦老汉，年轻时吃过的腊子鱼，不是滚钩“捉”的，也不是被车耳巴绞伤的。有一年冬天，叉鱼碛来了一群人治滩。有一天放炮，一声巨响之后，江面浮起一条大鱼，大得平时都没见过。放炮人把大鱼弄上岸，有人认出，是一条腊子鱼，五百多斤重，破开后，肠子像猪大肠一样粗。那时候肉食紧缺，治滩队卖了一些鱼肉给岸上的生产队，他们派了人治滩。当时猪肉六角八分钱一斤，腊子鱼肉每斤才卖五角二分钱，秦老汉家买了几斤打“牙祭”。他说，那肉老得很，不好吃，又没油水，还要倒亏油来煮。语气随意、平和，好像述说一件与自己无关的事。

在江里捞水打棒的谭四娃儿说，以前腊子鱼多。20 世纪 60 年代，云阳马粪沱的一个渔民就误捉到一条腊子鱼。他头天在沱里放了几层拦网，第二天早上去收，一条几百斤重的腊子鱼被网缠住“气”死了。渔民找来一根檩子棒，横着和鱼一起绑牢，再解开渔网，几个人帮忙才拖上岸。

“哪个要用檩子棒捆？直接拉上来嘛。”我问。

“怕它活过来跑了。”

我不明白：“你不是说死了吗？”

“是气死了。”

“气死是怎么回事？”谭四娃儿解释不清，说渔民都这么说。我猜想，可能是它想挣脱渔网，越挣越紧，筋疲力尽而晕死了。巴县李家沱的打鱼船，有一次捉到一条腊子鱼，太重，拖不起来，用河边陶瓷厂的卷扬机才拉上岸。后来，分了一些鱼肉给帮忙的工人。

《长江鲟鱼类的研究》中说，20 世纪 70 年代初的四年间，四川的渔业社共捉到八百四十七条腊子鱼，有十二万多公斤。有一个渔民，连续十八年捉到三百七十九条腊子鱼，每年平均有二十一条。

1981 年的时候，重庆制作出一千多公斤鲟鱼子酱，外调北京款待外宾。也是在这年，四川开始严禁沿江各县市捕捞中华鲟、白鲟，并对渔民的捕鲟网具，按成色折价补偿。不过，这以后就很难见到它们的踪影了。

南津關

鱼 泉

川江一带喀斯特地质构造多洞穴，秋汛时，被山涧溪河之水淹没，因穴内水暖，河鱼成群结队入内过冬。第二年开春，洞外温度回升，鱼群出洞觅食并繁殖后代。这时河水还没上涨，洞口位置较高，可见鱼纷纷涌出，形成鱼泉。当然，不一定是鱼原来进去的那个洞口了，可能在下游另一个洞穴出来，地下河或称阴河连通多个洞穴。

古籍上鱼泉为丙穴：秦岭南麓一座名“丙”的大山，山中有洞穴，穴中出佳鱼。洞穴之水冬暖夏凉，又源自地下深层，生长的鱼其肉嫩白、味美，便为“佳鱼”，也称“嘉鱼”。出“佳鱼”之穴故泛称“丙穴”。老一辈人将丙穴、鱼泉并用，因鱼泉浅显易懂，今人只知鱼泉了。

川江沿岸鱼泉多，叫“鱼泉”的地名也多。清咸丰版《开县志》中说，东河上游官渡河至白马泉三十多公里的河段，有鱼泉二十多处，其中一处出鱼很多，后来鱼没有了，留下“大鱼泉”的地名。又《云阳县地名录》中记载，城西鱼泉坝，早年崩山成坝时，鱼随泉出而得名。鱼涌口，岩崩后的乱石洞中鱼多，常涌出。汤溪河边鱼泉镇，早年有泉水洞，涨水时有鱼出故名。川江更有一个鱼泉县。公元553年，安乡郡南浦县由江南深山迁至川江北岸边，此地泉穴多，内有嘉鱼，居民又主要以捕鱼为生，便得此名。鱼泉县名存世十四年，一千多年来几经变化，今为重庆市万州区。

川江洞穴之鱼花样百出。民国时期，城口县有鱼泉七十多处，当地民谣唱道："春雷轰，桃花开，鱼儿出泉来。"城西二十多公里有个大鱼泉，每年春天流出细鳞、大嘴巴的鱼，鱼翅和尾巴都是红的。有人在这泉眼里钓鱼，时常遇到泉水突然涨起来，感觉里面有怪物一样，但从没看到过，很吓人。后来再没人敢去钓鱼了。又城西几公里的半崖上有跳鱼洞，常年悬流而下，如瀑布。每年春夏秋三季，可见洞内的鱼顺流而下时，往往飞跃而起，小鱼可跳一米左右高，几斤重的大鱼能跳几米，有时又跳入了洞口。遇久晴将要下雨，或久雨将晴时，跳鱼最多。乡民在洞边支网接鱼，每次收获不少。县城里一个活了一百零一岁的朱姓老人，生前喜吃"跳鱼"，在鱼泉边置上锅灶，烧好水，等鱼直接跳进锅里煮了吃。据说他吃过县境内大大小小三十多个鱼泉之鱼。再往西去约三十公里的地方有韩家泉和老鸦泉两个鱼泉，清乾隆年间，春季常有鱼流出。清嘉庆七年（1802年），当地匪乱不断，乡民躲避，不能耕种，缺衣少吃。自冬至春，两泉涌出无数的鱼，小的两三斤，大的十多斤。难民靠吃鱼活了下来。《城口县志》附录记，清同治、光绪年间，明通镇居民约定俗成，待鱼泉出鱼时，当地居民分上中下三街，轮流取鱼，曰"鱼泉乃天物，人人有份"。城口鱼泉出鱼数量不定，少则几十几百斤，多则几千上万斤，1964年，东安大鱼泉一次就曾出鱼一万多斤。吃不完的鱼，居民拿出去卖。20世纪50年代只能卖几分钱一斤，1964年每斤一角，1980年每斤五角、1985年每斤九角。城口属边远山区，交通不便，20世纪70年代有新华社记者前来采访，评价说这是落后的地方。因而鱼卖不起价。

彭水县东北角约五十公里的后灶河上，有一个马岸（古同"岸"）洞，洞中阴河出一种惰性的鱼，头生细密肉角，口上有吸盘，水急的时候，附在石头上，水缓便游弋觅食。乡人知其性，常持火把入洞捕捉，手到擒来，像自家喂养的一样，故称"家鱼子"。每条有三五斤不等，肉多味美。距巫山县城六十多公里的抱龙河岸，一个正正方方像宫殿一样的天然大石洞，洞内有深潭，潭里的鱼长条、细鳞，每年下春雨打春雷的时候，水涨起来，鱼直往外跳。

川江洞穴出佳鱼，也产好听的故事。巫

山马渡河有个出鱼的洞穴，进去打鱼的人要先往水里丢一钱四文钱，才能打到好鱼和大鱼，否则一无所获。后来大家给洞取名“一钱四”，久而久之变成了“鱼钱子”。鱼钱子洞附近有一年来了两个端公（即会道法的男性巫师），一师一徒，法术高强。比如他们扯一把檀树树叶往水田里一撒，树叶全变成泥鳅，因其习钻田坎而导致漏水，害得栽秧人捕捉到半夜。还有，他们用盘子装水，可把太阳留住，一直是黑夜，盘里水一倒，马上鸡鸣天亮。

有一天，师徒俩寻到鱼钱子洞。师傅说，洞里有一条龙，我进去斗龙，斗赢了可骑龙上天。进洞前，他给了徒弟三个鸡蛋，嘱咐道：这是三个“炸雷”了，能降龙。龙头出来时你丢一个，龙腰出洞口再丢一个，看见了龙尾丢最后一个。然后你抓住龙尾，我带你一起上天。师傅进洞后大约半个时辰，里面刮起一阵风，随后龙头冒出来了。徒弟从没见过真龙，一看到狰狞的龙头，吓得大叫起来，情急中把三个鸡蛋一下子全扔了出去。只听得“轰”的一声巨响，龙头赶紧缩了回去，洞口被炸垮塌，师傅和龙都没再出来。从此，鱼也没有了。

马渡河上还有一个罗连洞，说是和鱼钱子洞相通，但相距十多公里。一个叫罗连的人推船进洞打鱼，装了满满一船。出洞口时，遇见一个白胡子老头，老头告诉他：“这洞从今往后你不能再进去了，今天打了一船鱼，应该知足了。”洞里那么多的鱼，天大的好事，罗连怎么舍得放过，第二天仍然去了。他刚进洞不久，洞口莫名其妙地垮了。洞被封，鱼没有了，渔人罗连也没有了，留下“罗连洞”的名字。

1992 年编纂完成的《城口县志》中记载，县内尚存鱼泉五十六眼，其中十一眼被阻。2000 年后，总纂《城口县志》的傅华明先生著文说：城口鱼泉已是“明日黄花”，因修筑公路，阻断鱼路，几乎没有一处完整保存下来。县里退休干部马老头却另有说法：那是断了鱼路嘛，溪河里鱼本来就少了。

我想起一个龙门阵来，三十多年前刚参加工作时，听一位老前辈摆的，他年轻时在城口工作。有一年，一只老虎从山上跑进县城，大家纷纷躲进屋里，连公安局也赶紧把大门关上了……县城边的任河，鱼多得不得了，不要钩，直接用细麻绳拴一根蛐蟮，丢进水里就能钓起来。

龙门阵里的老虎实为金钱豹，1934 年和 1940 年曾跑进过城里，人惊豹惊。县志里记有此事。麻绳拴蛐蟮钓鱼的故事，不知老前辈加工没有，反正我只有羡慕的份儿。

楠木坑亂石疊橫因白龍洞水勢北趨激成泡漩水大至險

走蛟

夏天的雷阵雨，一阵噼里啪啦的炸雷声从山那边的天空传来，像是落到了姑妈家屋后的阳沟里，我吓得赶紧双手捂住耳朵。姑妈说："又是那个凼子走蛟，雷公雷母要打死它。"

我问姑妈："啷个叫走蛟？"姑妈一边剁猪草，一边回答："躲在山洞里的蟒想成龙，跟着山洪跑下来，跑到河里，再流到海里头去。"把猪草煮到铁锅里后，她又说："蟒一走，那个洞就要垮，山坡就滑下来了，害人啊！"

下雨天姑妈不出工，有空给我摆龙门阵：

我女祖祖生我幺姑奶奶时，菩萨给她托梦，竹林那股浸水后面的土坎子里有一条蟒。女祖祖生下幺姑奶奶后，男祖祖把人衣（胎盘）埋在浸水那里，水不流了，蟒移走了。

有一个热天的半夜里，男祖祖到湾里的大堰塘去抽楼眼（梯阶式放水孔），田里谷子要水。他挎着锄头从改口（溢洪口）走过时，是干的，这里比塘坎低一些。当他走上塘坎中间，正准备下楼眼去，突然水涌起来，一下子齐他半腰，只见一条人头粗的黑乎乎的蟒顺着水翻过了塘坎。第二天听下面肖家沟的人说，好端端的石桥，既没打雷又没下雨，在夜里却垮了。男祖祖原以为蟒移走了就没事，结果还是害了人。男祖祖说，那桥也遇巧，本来拱洞顶上悬着一把斩龙剑，几天前被人偷了。

“人也可以打死蟒。”姑姑肯定地说：“那不是一般的人，他有状元身，算是人中之‘龙’。”

姑妈继续摆：重庆府有个学堂，教书先生做了个梦，说有个姓骆的学生是状元身，明天让他背书，不管他背得到背不到，都罚他跪在香案前。先生第二天果然照办。那姓骆的学生跪在香案前，突见墙根冒出一丝浸水来。细娃儿生性贪玩，忘记自己在受罚，看见浸水默念道：“莫流，莫流！”浸水不仅仍在流，而且渐渐大起来，有了酒杯粗。骆学生生气了,举起手掌,“啪”的拍打在流水上，说:“叫你莫流吧！”当真,流水止了。几天后，先生上课时总闻到一股臭味，时有时无。他问学生们：那个屙了屎没揩屁股？没有一个人作答。一连几天都是这样。终于，先生闻出臭味是从香案后传来的，但后面什么也没有。他叫来人帮忙，循着臭味，挖开地下一看：一条已死的蟒，身体开始腐烂了。先生明白，能灭蟒害的骆学生日后定中状元。

蟒是民间的叫法，古人称之为蛟，或蛟龙。古书上说：蛇与野鸡在正月里交配后生下蛋。遇打雷下雨，蛋即入地几丈深，孵化为蛇形物，经过二三百年的修炼就会成龙。如果没遇雷雨，蛋不能入土，就孵化为野鸡了。古书上还说，蛟会害人。这种交配的野鸡和蛇其实都是蛇精所变，冬天为野鸡，春天成蛇。不然怎么交配呢？

据说唐代有个六十多岁的老尼姑，腹部鼓胀已有两年时间，身体出奇的瘦。名医甄立言给她诊断后说：你误吃食物，腹内有虫。便配雄黄剂一方，让老尼姑喝下。片刻，吐出一条拇指粗的蛟。名医将之烧成灰，尼姑的病便好了。明朝时有个太医周顾，也用雄黄清除过人肚里的蛟。一日，周太医在殿中遇见一黄门侍郎（官名），便禀告皇上：此人腹中有蛟。皇上很惊讶，便询问黄门侍郎是否有哪里不舒服。他回话：我快马过广东与江西交界的大庾岭时，又热又渴，喝了山溪水后，肚子硬胀，里面像有一块石头一样。周太医用雄黄和消石（中药名）煮水，让其喝下，立即吐出一条指头粗、几寸长的蛟。

我朋友魏兄摆过他父亲与蟒的龙门阵，说蟒并不害人。

川江北岸有一条支流御临河，从入江口往上走，不远的地方有个白杨坝，一条小溪从这里流入御临河。故事就发生在这里——

那年农历六月的一天，我父亲只有十来岁，和几个细娃儿去打猪草。那天很热，才上午九十点钟，太阳已经很毒了。猪草也差不多打满了背篓，几个细娃儿约起到溪沟的水凼里洗澡。那水凼是小溪拐弯形成的，不大，凼边的岩石上稀疏地长着一笼竹子。岩石下溪水半淹处有一个洞穴，洞口也不大，里面却透出一股寒气，就是三伏天，离近了，也不免要打寒战。冬天的时候，洞口基本上全部露出水面。

几个细娃儿还没走到凼边，冲在最前面的一个同伴突然收住脚步，目瞪口呆地盯着什么。大伙赶上去一看：岩洞口的水面上，拱着一条土钵粗的巨蟒，那拱弧有一人多高，像一张弓，其首尾潜入了水中。在阳光照耀下，巨蟒的鳞甲闪亮耀眼，晃得看不清楚到底是什么颜色。几个细娃儿吓得腿脚发软，全部瘫坐在地上。这时，一个稍大一点的同伴突然想起了什么，大声唱道：“你成神就上天，成龙就下海！”其他几个都跟着唱起来，边唱边爬起往回跑，吓得屁滚尿流。

几天后，白杨坝下了一场暴雨，这条巨蟒带着三尺洪水，顺利地闯过下面的周家拱桥关口，下到御临河，下到长江里去了。

父亲说，这是走蛟。蟒修炼到土钵粗的时候，就要功德圆满了，但是否能成龙，完全取决于是否有人给予封赠。我们看到的那条巨蟒，是来讨封赠的。我们念的歌啰句，就是封赠。

后来听白杨坝的大人摆龙门阵，说住在水凼上头青冈林边的周老头，祖上那辈就见过岩下那洞里的这条蛇。那时只有小碗口粗，还不能称蟒。到了老周这一代，他每隔两三年，总要撞见一两回。但老周从不害怕，也不和它交流，更没给它封赠，双方就像是哑巴邻居见面一样。蟒走蛟后的第二年，老周的三儿子被抽了壮丁，离家后杳无音讯，再也没回来。

几个给巨蟒封赠的细娃儿，一生都没什么大灾大难。他父亲后来参军三年，剿匪时中弹多次，却皮毛未伤。退伍后拆洗棉裤时，从棉絮里抠出三颗弹头。

魏兄听了父亲的龙门阵后，有意无意都避开那个水凼，不曾踏足半步。

三十多年前我见识过一次走蛟，那是川江历史上最厉害的一次。那年七月中旬，云阳连续下了几天百年未见的大暴雨，县城东边隔着一条小河的山坡走蛟了。我的政治课老师亲眼所见：白天间或放晴，晚上八点左右，我在对岸半山腰的院坝里和亲友们摆龙门阵。暗暗暮色中，对岸突然出现闪电似的火光一道，紧接着烈烟冲天，一声闷雷般的巨响过后，只见石板沟山体犹似万马千军排成的列阵，排山倒海般扑向三漩沱，顿时掀起数丈高的排浪，顷刻又死一般的沉寂……

县水电局的王技术员说：这叫滑坡！

王技术员给我们讲解：这里小地名叫“鸡扒子”，属古滑坡地貌。持续大暴雨，排水不畅，古滑坡复活，一千七百多幢房屋被泥土埋掉，滑到江里。川江被阻塞后形成巨滩，一般的轮船木船都上不去，三艘两千多匹马力的轮船一起拖一条几百吨的货驳才能勉强上滩。

后来，我在长江重庆航道工程局档案室看到这样的记录：1982 年 10 月 20 日开始，奋战四个枯水期，消除鸡扒子滑坡造成的急流险滩，航道畅通。其抢险工程获得国家科学技术进步三等奖。

雷公雷母灭不了的蛟害，航道工人可治。

偏腦神龕子南北
斜對江面狹窄水
勢狂奔大水最險
偏腦
救生船
神龕子

黄䫜洞山勢壁立
江水由喜灘逼冲
洞口大水最險

石牌珠排立江心
洪流激撞其上中
水至險

水　摸

川江云阳老县城江对岸有个张飞庙，庙脚有个铜锣渡。小学二年级时，听大一点的同学摆，古时候这里没有渡，河也没这么大，从渡口石梯子可以一直下到河底，那里有一座铜桥可过河。

听后，我心里一直惋惜这座铜桥，很值钱的，怎么不打捞起来？后来知道了张献忠沉银的故事，又惋惜了一阵子。

张献忠沉银在川江支流岷江河段，距今已有三百多年。古人装银子用专门的银鞘，剖开一段树木挖去其心，把银子装在里面后封好、编号。沉银年长日久，江流冲刷，一些银鞘破损，银子被冲散，偶有渔民捕网时收获一二锭。光绪乙未年（1895 年），四川总督刘秉璋上奏朝廷，准备在国外购买机械打捞。但此事遭到朝廷监察官员参奏，说：堂堂大清国，岂有在水里捞银的道理？而且还找外国人购买机械来打捞，肯定被嘲笑，有辱国家体面。这事只好作罢。

江里沉物之事经常发生。光绪乙巳年（1905 年）4 月中旬，一只木船在川江著名的险滩庙基子翻沉，惊动了当地衙门云阳县署。因船上装的八箱铜坯，是四川省铜元局用来制造铜币的，属国家财产，涉事之地官员定当组织力量救捞。于是，县知事雇请当地有名的“梁水摸”，最终将铜坯全部打捞起岸。

梁是姓，水摸是职业，专门潜水捞物之人。水摸兴于清代中后期。清廷规定，云南贡铜水运进京，川江沿岸各地方官员需配合押运，使其安全通过辖区。如船只遇险沉没，损失则由地方官员与朝廷押运官按比例分摊赔偿。因此，各地方官员会积极组织人力打捞，也就掌握了一批固定的水摸。

水摸业一直传承下来。抗战初期，南京、武汉等地工厂内迁入川，运输船只常遭日机轰炸，机器沉没，事后则由水摸打捞。水摸此时已被唤作“水鬼”。他们口衔一根胶管入水，岸边有人用手动打气筒供气。同时，水鬼身上还拴着一根绳子，与岸上的人用扯、拉的方式互传消息。有一天正打捞作业之时，突遇日机轰炸。岸边的人一边打气，一边拉绳子给水鬼发信号报警。但不知什么原因，水鬼没浮出水面，只好继续打气。结果岸边的人被炸死了，水鬼没人供气也被淹死了。这是过去一个老桡胡子给我摆的，说是他亲眼所见。

一百多年后，我见识了一种“水摸”。长江即将禁渔十年，我采访川江最后的渔民。那天，忠县渔民老彭开船到洋渡镇赶场买菜，要靠岸时把桡片掉进了江里。但他并不急着打捞，不慌不忙地买完菜回船，清理好渔网后，他才提起绑着磁铁的绳子，在桡片落水区域一起一落地探找。

我问：“桡片是木的，怎能沉入江底？木又能磁吗？”老彭回答：“手把那一截是铁管做的。”果真不一会儿，他磁起了桡片。那时下川江已属库区河段，水流相当缓慢，要在过去，桡片早已不知冲到哪儿去了。

我又随口一问：“掉桡片的地方水浅，深了，恐怕不好磁哟？”老彭指着磁铁说：“你看，绳子这么长，几十米深我也磁得起来。”我这才注意到，他佑客收拢后的绳子有很大一圈。

接着老彭给我摆，2008 年的一天，一个亲戚打来电话问：“你现在打鱼的收入哪个样？”老彭回答：“这是禁渔期，没得收入嘛。”

“那你不来磁铁？”

“‘吃铁’？铁哪个能‘吃’？”老彭没摸着头脑，一问一答后才弄清缘由。县城上游几公里的地方在修建长江大桥，因条件限制，很多钢材弃料落入江中，渔民用磁铁磁起来后可以卖钱。

老彭摆得津津有味：我们都是深夜两点等他们下班后，开着渔船去河头磁铁的。早晨八点，他们上班了就结束。有时铁大了，几条渔船合起来磁。六十米深的水里，我们也磁起来过。每天有二三十条渔船磁铁，磁起来后，有人专门开船来收购。那场面好热闹。

这么费力，不知收入怎么样，我问他挣了多少钱。老彭无不遗憾地说：我晓得晚了，才磁八个月，挣了七八万块线。他们头一年去的，挣了一二十万。

老彭尝到了甜头，后来他停靠渔船的叉河大山溪建桥，他也去磁铁了。他告诉我，那桥小，附近农民也来磁，他只挣了几千块线。

我好奇是谁想到的这个主意，问老彭，他也不晓得。

民国有一本《蜀游闻见录》，记有一事。广元河上的船，建造时全船不得使用铁钉，用楠竹签钉代替。船上也不得放置任何铁器。说这河中多有吸铁石，一经吸住，船就走不动了。

不会是磁铁人中有人读了这书，想到这个法子吧？

江河上故事多，没想到水里的东西也多。

馬牙山
青魚背
清水灘

南沱水勢洶湧急
流成漩一發必三
水大至險
天柱山
南沱
救生船

洗脸水

小时候，家里来了客人，不管是冬天还是夏天，姑妈都叫我打一盆洗脸水，拿出一条新毛巾，或大半新的干净毛巾，送到客人面前。这是那时最热情的迎客方式。晚上睡觉时，又是打洗脸水，又是倒洗脚水。第二天早晨，客人刚起床，一盆洗脸水便端到了跟前。

当年带过我的老记者摆龙门阵：一个山里的农民到城里找老领导办事，被安排住在机关招待所，每天有服务员打洗脸水。第二次端来洗脸水时，服务员发现，头天刚拿出的一块香皂不见了。她并不觉得奇怪，可能是农民藏起来了，农村没这种东西，连肥皂都难买到。于是再拿出一块。可一连几天，香皂都不知去向。有一天，老领导关心地问农民：住在招待所还习惯吧？意思是问服务员怠慢他没有。农民老老实实地回答：非常好！非常好！就是每天早晨的粑粑很难吃。他居然把香皂吃了。

据说，宋朝京城开封的早市很热闹，卖早点的铺子多，百姓家不开火，都上街去买了吃。他们甚至连洗脸水都不烧，外面铺子也有，而且是专门的铺子，或可挑担上门服务。不过洗脸水不白给，要花钱买，叫洗面汤。

这里的汤，指开水、热水，不是喝的那种。我家乡有一条川江支流叫汤溪，源头在巫溪县海拔两千多米的团城山半崖一洞穴。年少时的一个盛夏夜晚，我在上游河里洗澡，刚入水，竟觉侵骨，手里的肥皂没拿稳，掉入河中。我立马上岸。夏天的河水竟如此冰凉？三十年后在地名录里读到，汤溪河上游一段叫湾滩河，流入县境江口镇，接纳几条小溪后河水开始变暖，故名汤溪河。疑团这才解开。

宋朝京城是不是真的卖洗脸水，我不清楚，但重庆朝天门码头过去确实有人在摆摊叫卖。早年川江轮船叫小火轮，蒸汽机动力，燃料为煤炭，随时浓烟滚滚。有铺位的毕竟是少数有钱人，大多数旅客坐底舱散席，难免沾染黑烟粉尘，加上旅程疲惫，下船后又脏又累。码头上，小泥炉烧着一锅热水，矮木架案板上摆着两三只脸盆，还有毛巾，甚至牙刷。摊主吆喝道："卖洗脸水啰——卖洗脸水啰——洗把脸，干净又舒服。"花着脸是不能去见客、办事的，洗把脸很自然，还可提神。住江边竹篾棚栈房的码头力夫，没条件，又没用具洗脸，也常去光顾洗脸摊。那时候人穷，文明程度不高，共用毛巾和牙刷不奇怪。每人洗一次脸，收费一分钱。

卖洗脸水是小行当，也许由码头小贩兼营，没见过行业公会里有这帮。

最近看到一公众号，有一个年轻人记录了他爷爷在朝天门买洗脸水的故事：爷爷八岁那年，到重庆下半城学裁缝。因为他从三岁时开始咯血，师傅担心他死在自己家里，没多久，就给了爷爷几块银圆，打发他回老家。那个时候几块银圆算是个大数目，去朝天门坐船回家的那个早上，爷爷潇洒而奢侈地在码头上买了一盆洗脸水。几十年后摆起这个龙门阵时，还颇有自豪感。洗脸水还用买？我们感觉是天方夜谭。

重庆牛角沱"四哥面"的老板，第一次摆洗脸水的龙门阵时，我听了，也觉得很新奇。20 世纪 60 年代，牛角沱有个汽车站，专往郊区县发班车，旅客多是菜园坝刚下火车的人。四哥母亲就在路边卖洗脸水，一只搪瓷脸盆里装着冷水和毛巾，有客人来了，兑一些开水瓶（保温瓶）里的热水进去。一人洗一次脸，两分钱。四哥放学后，经常提着开水瓶给母亲送热水。四哥说："直到 20 世纪 80 年代的时候，菜园坝火车站还能看到卖洗脸水的。"

他有一个表叔在火车站上面的建新坡住，每天挎一个黄包包，装着毛巾、盆子，一手提一只开水瓶，上菜园坝火车站做卖洗脸水的生意，婆娘在家烧水、送水。

20 世纪 30 年代，川江末端宜昌中水门码头有个王婆婆茶馆，茶客主要是码头力夫。他们一喝就是一整天，有活路做了，把几只茶碗都盖上盖子，并拢放在桌子中间，表示“留座”。做完活，回来继续喝。茶钱也不付现，在一块黑板上划“正”字记账，十天半月或一个月结一次。除此之外，茶馆每天早晨还给这些力夫准备洗脸水，但不收钱。这些力夫放工后，经常捡一些上下货时撒下的粮食、煤炭、柴火，带给王婆婆茶馆。

如今洗脸方便，洗脸水不再买卖，给客人打洗脸水的习俗也消失了。

三硃渣波紅石無義
諸險灘惟紅石為最
春夏水當際兩岸
怪石錯列波濤洶
湧水路曲折為峽江
第一險要舟行至此
必停泊避之
紅石子
救命石
救生船
回流沱

活水（笕水）

一

我小时候住在城墙边的一个巷子里，家在西头，往东走一百多米可到热闹的大街上。街口有一个篾笆折搭建的卖自来水的棚子，附近几条街居民吃水都来这儿挑。卖水的龙老头六十多岁，不知得的什么病，也不知什么时候得的，说话不利索，双手整天不停地颤抖。买水的人都喊他“抖抖风”，他也不生气。他手抖，但不影响卖水时开龙头。

自来水管里经常放出一种白水，大家认为是水厂把漂白粉放多了的缘故，怕吃了对身体不好。龙老头就用抖手，在墙壁上写下一行看不出抖痕的粉笔字：白水是汽水，因压力大而产生。这绝对是原话，我只加了标点，几十年来一直印在我脑子里。

川江沿岸城镇依山而建，坡度大，地下水流走了，城里少水井。家乡县志记载，1964 年至 1989 年，云阳县城只有四个自来水卖水点，绝大多数人家吃水用水去江里挑。自古如此。一千多年前，诗人杜甫就曾感叹：“云安沽（酤）水奴仆悲。”大意是云安（云阳旧称）挑水卖的奴仆很辛苦。

到江里挑水，往回走的路全是陡坡长梯。冬春季水枯，江边露出很宽的沙滩或乱石堆，挑水的路更长，又难行。民国时期，重庆城沿江码头一带有很多“水桶栈房”，住着邻近农村来的一两万名苦力，他们以挑水为生，供养家人。巫山县有个姓黄的穷人，民国初年逃荒到下游相邻的湖北巴东，衣食无着落，只好在县城里挑水卖，一挑就是三代人。

江边挑水有专门的码头，称水码头。临近水码头和入城必经的那些街巷，长年地面湿漉漉的，因此得名“水巷子”。川江沿岸城镇以挑水为生的人多，挑水成为一个独立的行当，并建起行业公会，自治自保。

江边挑水行当看似普通平凡，但生活在平原水乡的国画大师徐悲鸿却惊讶、感慨。他抗战期间来重庆避难时，以苦力在江边挑水景象为题，创作了国画《巴人汲水图》。七十二年后，画作被卖出一亿七千多万元。

年少时，父亲常对我唠叨一句话：“人不灵醒死吃亏，红白喜事寡挑水。”以前做红白喜事的人户儿办席，要专门雇人挑水，一般都是找那些木讷的力气人。父亲说，不好好读书，今后只有“挑水”的份儿。

二

过去川江桡胡子喜吃“合渣”，也叫菜豆腐、连渣闹儿。把泡胀的黄豆磨浆后，连汁带渣加青菜叶煮食，好吃，经济又实惠。川江码头的小饭馆则卖“豆花儿”，比合渣精细，高一个档次。磨出的豆浆去渣，加热后点卤水凝固而成，洁白如雪，吃起细嫩绵扎，蘸红油辣椒调料，是经典和绝配的下饭菜。至今，川江一带很多大小饭馆拿它做招牌——某某豆花饭。

小饭馆的豆花儿一直用原汁窨水泡起，食客随来随舀，称之“活水豆花儿”。不然“醒”了，不好吃。醒，土话，川江人都懂，大概意思是凝固的豆花散开而变了口味。原汁窨水，指豆浆点卤后分离出的汤汁。

有一次我去木洞镇新修的河街游玩，见江边餐馆都写着“河水豆花”，便委婉地问导游小姐是这个“河”字不？她振振有词：“我们木洞不用井水和自来水，就用河水做豆花儿。”本意是宣传独特，知者却不以为然。

川江渔船，都有一个前舱临时养鱼，舱底一定留孔眼，与江水融合。渔民都叫“活水舱”，而不是“河水舱”。北方人也不会把“活”

读成“河”。

导游小姐与河街那些年轻的餐馆老板也许不知道，过去川江水含泥沙重，特别是汛期，浑浊如黄汤，水质并不是很好。小时候常见大人去江边挑水，先拿明矾在桶中搅拌几下。不一会儿，泥沙沉底，水清，滗出后只挑清水回去。大人说，明矾不能多搅，不然水带涩味。

有一个江苏南通人徐心余，其父清晚期在川任职多年，他跟随着在川生活工作近二十年。父亲在任上病故，徐心余送尸骨还乡丁忧。民国三年，他又入川，任万县（今重庆市万州区）水警教练所所长。来的路上，他结识了也在川任职的广西人李兴霸。一日船行巫峡中，李君闲谈：用三峡中的水磨墨，在纸上写字不浸。三峡水比川江其他地方的水要重一些。李君为了证实此言的真实性，当即装了一桶巫峡里的江水。船到奉节城，他又取江水一桶。用秤一称，两桶水竟相差四十多两。这多出的是泥沙，与墨相融后写字才不浸透纸。

古人说，饮用川江水，易得一种地方性的大脖子病，就是人的脖子上长瘿瘤，俗称瘿包。以宋代发病最甚，严重到“十人九瘿”的程度，患者多为女性，清代晚期才逐渐好转。秭归县是三峡瘿病多发区，大脖子之人随处可见。从下游入峡的人，发现那里的乡下劳作妇女，模样都十分特别：习惯头裹布帕，插上亮闪闪的银钗，背上背的是小孩，脖子上吊着一个肿包。

南宋年间，文学家范成大任四川制置使、成都知府，说明白点就是四川省省长兼成都市市长。他乘船逆江而上去赴任，路过奉节时，随行的女仆因口渴直接喝了江水，几天后开始发烧。又过了一两天，脖子竟然肿大起来。后来到了成都，一个多月才慢慢消肿。一行人中，有十多人出现这种情况。范成大路过重庆时，看到城建在一巨大石岩上，夏天闷热如炭烤，山、水都有毒气，而水蒸发出的气更毒。人因此容易生瘿包，在女人中更多见。

两年后范成大回京述职，再次路过奉节时才得知，夔州（府治奉节）知州、通判都不喝江水，饮用的是山泉，来自城外十多里的山上。

川江山水有毒的情形，七百年后也没彻底改变。1876 年，日本汉学家竹添进一郎游历四川时，写有《重庆府》一诗，曰：“盘石擎城耸半空，大江来抱气蒙蒙。山风带热水含毒，身在蛮烟瘴雨中。”

三

1982 年 7 月，云阳老城东面鸡扒子发生大滑坡，肉联厂被冲进江里。灾后重建，拟选址城上游风包岭。县环保办不同意，说排污影响城市供水。当时筹建组长吩咐我写报告，辩解理由很多，印象最深的一条是“长江自净能力强”。当时想，“自净”是不是快速流走的意思？还不是流去下游了？

明朝时，重庆城出了一件至今没再遇到的怪事，具体时间都清楚。弘治十四年（1501 年）五月二日半夜，突然像是要天亮了一样，城外明晃晃的。肯定不是月亮，光是从下往天空映衬的。也不可能是灯光、火光，能量没这么大。古时夜晚要关闭城门，老百姓出不去，纷纷登上城墙观望。为江水发光映照所致。第二天早上，人们发现江水如豆浆，不敢饮用。三天后，才变清。这算是“自净”吧？

上游的叙州（今宜宾）府派人查找豆浆水源头，搜寻到沐川一带，因崇山峻岭和原始森林阻隔，不能前行。当地老人说，从没出现过这种情况。终不知豆浆水的原因。

有古籍记载，川江水又可治病，不知真假。但所涉及人物却真实。北宋政治家、思想家王安石老年后患痰火症。太医院先生说：用三峡的中峡水泡阳羡茶，服后可除病根。中峡即巫峡，阳羡为江苏宜兴古称。王安石已老，子女不在身边，请苏东坡代为帮忙，说：你是四川人，常有亲戚朋友从家乡来，请帮我带一缸巫峡水当药引吧。没多久，苏东坡亲自领人抬着一瓦缸峡江水，送到王安石家里。

王安石让人把瓦缸抬进书房，亲手打开封口纸，让书童用专门烧水的银铫子装去烹煮。然后，他又拿出一只定窑烧制的白瓷碗，放进一勺阳羡茶，候着。峡江水烧至蟹眼程度，即像螃蟹在水中鼓气泡一样，水温为七八十度，王安石赶紧倾入碗中。过了好长一会儿，才泡出茶色来。

王安石疑惑道：“水是从哪里取的？”

“巫峡呀。”苏东坡答。

王安石又问：“是中峡了？”

“正是。”苏东坡回答得很肯定。

王安石笑道：“戏弄老夫了不是？这是下峡水。”

苏东坡大惊，只好如实相告。原来他一路只顾着欣赏三峡风光，还构思拟作《三峡赋》，船至下峡西陵峡时，才突然想起王安石所托取水之事，连忙让船主掉头回去。船主为难，说：自古峡江滩险水急，回去又是逆流，十分艰难。三峡相连，下峡水也是从中峡流来的，有什么不同？

苏东坡想想有道理。于是，取了一缸下峡水。怎么都没想到会被王安石看出来，非常不解，便讨教道："老师是怎么得知的？"

王安石胸有成竹地道来：《水经补注》上说，上峡水性太急，下峡太缓，唯中峡水性不急不缓。用三峡水泡阳羡茶，上峡的味浓，下峡味淡，中峡水浓淡相宜。今天这水，泡了很长时间才有茶色，当然是下峡水了。

苏东坡听后羞愧难当，赶忙起身，对着王安石作揖道歉。

四

范成大得知，夔州官吏饮用的山泉，系从山上引入城内，称之"笕水"：砍下一根根竹竿，捅破中间的节疤隔，头尾相插，一根连接一根，水从管中流。汉代，川江流域熬盐的卤水，便是用这种方法从盐井输送至灶房的。

奉节笕水，最早出现在一千八百年前的蜀汉时期。诸葛亮驻扎永安（奉节旧称）时，看到城内无泉井，便组织人力物力，在后山开凿了一个水井，笕水入城供人饮用。百姓称为"义泉"，这恐怕算是川江最早的城市自来水供给工程。

笕水竹竿经雨淋日晒，容易裂口，又常被山上滚下的石块击破漏水，后人改用木槽。宋绍兴二年（1132 年），夔州州官张悦把引水管又改为瓦筒，敷设在地下，便不易破裂漏水了。山泉水从城外尖子山和三岔溪引来，有十多里远，途中遇到沟和岩石，瓦筒便不能敷设，仍用木槽。居民用水高峰时，水量不够，张悦就在城内挖三口井蓄水，人称惠民井。

奉节城居民吃水方便了，但笕水由官兵值守，要花钱买，贫困人家只好仍去江里挑，此举并没减轻百姓的负担。官府因此每年多了一千多串的财政收入。

宋乾道元年（1165 年），奉节城又一位新知州到任——浙江温州人王十朋。他认为，以"义泉"之名引水入城，应遵循"义"字。于是，用公款维修改建笕水工程，免掉百姓的买水钱。为此，他写诗《义泉》，说："官费接筒竹，民蠲沽水钱。"蠲，除去、免除之意；沽，为买、卖。王十朋担心后任官员不认这个账，又留诗作见证，曰："长使义泉名不断，莫教人费一钱求。"

时光飞逝，四百年后，夔州太守张廷柏

不仅继续笕水入城，还新建十口蓄水井，取名利民、文德、武功、化龙、漾翠、通济、注香、扬清、太平、留润，人皆称张公井，奉节百姓用水更阔了。但没过几年，井全被泥沙淤满而废弃。福建泉州人许宗镒继任后，派人清理其中七口蓄水井的淤泥，再从翟家坝、侯家湾笕水入城。为不弄脏井水，许宗镒在化龙、漾翠井上各搭了茅草棚遮盖。之后，历代奉节地方官多次维修竹笕。

到了清末，奉节城还有九口饮水井、八个蓄水池，井池互相连接，居民饮水、城邑消防均得其利。民国期间，竹笕、木槽、石管和井池全部淤塞、损毁殆尽，居民仍挑江水饮用。

五

幼年时，我随父母第一次回乡下爷爷家过年，看见小拇指粗细的塑料管儿从屋后山岩上引来井水，流进灶屋的长方形石缸。做小学民办教师的三爸告诉我，这叫笕水。石缸安置有趣，穿过土墙，大部分在屋里，一小半在墙外。塑料管儿里的水整天任其自流，满了，从墙外那小半石缸的一个小缺口溢出来，流到屋檐水沟里，再流入门前的冬水田。三婶在墙外用小半石缸的水淘了红苕、洗了洋芋，最终也归入田里。

最近两三年我在渝东北乡村体验生活，知道“人畜饮水工程”让农户早用上了自来水，但在一些零散户家里，仍饮用笕水。主人乐呵呵地说：我这水干净得很，不信你尝尝，还是甜的哩！

“笕”不是常用字，年幼时没当回事，认为可能是“捡”，或许只是老家的土话，根本没这个字。也不知三爸会写这字不，一直没问。

少年不识“笕”，会写两鬓白发生，川江之水仍长流。

虎頭灘南北對峙
阻截水勢夏秋二
季最險
北虎頭
救生船
南虎頭
上鹿角

上下鹿角亂石磥
硊江側湍險可畏
杜詩云鹿角真走
險即此
下鹿角
大石灘

鍋籠子水勢迅速
泡漩時作夏秋最
為險要

沉树挂淤

忠县下游二十多公里的川江南岸有一险滩，自古木船下水过滩时，常遇泡漩水，稍有操作不当，船头避让开了，桡杆或船尾往往又被岸边凸出的山岩折断，毁船无数，川江桡胡子称之折桅子滩、折尾子滩。

清乾隆四十年（1775 年），忠州刺史甘隆滨用生铁铸造了十二口大钟，沉入滩中，江流减缓，泡漩水减少了。“沉铁”铸成钟的形状，是因为同样重量的铁，铸成钟形，体积大，减缓水流的效果会更好。这种改善水流状态的治滩方法，在川江属首创。但折桅子滩险并没有得到根治。

20 世纪 50 年代，来川江考察的苏联专家建议“沉树”治滩。把带枝叶的树干沉入滩中，再淤填泥石，改善流态。这种办法叫“沉树挂淤”，施工简单、成本低，伏尔加河采用过，效果很好。其原理与刺史大人的“沉铁”相似。

1956 年 11 月 28 日，“沉树挂淤”开始实施。树种选择枝叶繁茂的常青树，当地只有松树和柏树可选，其中松树很少，又全是一些小树，决定用柏树。砍伐的树每棵长三至四米，树干直径十多厘米，树冠直径达两米。砍伐地点离折尾子滩不远，现砍现用，时间久了，枝枯叶落，影响挂淤效果。为了不磨损枝叶，砍下的树木用人工抬到江边，没在地上拖行。

小木船装着树干离岸三十米远，滩上有一艘大船用钢缆绳牵引小木船，每投一棵树，向上绞五米。树冠朝下，树根向上，深度二十米，每棵树绑上五百公斤左右的条石当锚固定。第一批沉树四十棵，为第一层。接着在同一江段十五米深的地方，再投第二层，一百五十棵树。沉树完毕，挖泥船在北岸浅滩挖了石碴，淤填在沉树周围。第二年 1 月中旬，“沉树挂淤”完工，用时近两个月。

一个月后观察，发现沉树被冲走一棵。因为水流湍急，树干摇晃，磨断了拴系石锚的竹缆。当年汛期之后再查看，沉树全被洪水冲走。“沉树挂淤”治滩办法在折尾子滩失败。

1970 年 3 月 31 日，长航六六一工程指挥部根据河工模型试验，在折桅子滩砌筑了一个外形像“丁”字的石坝，即伸入江中 44 米后，成 150 度夹角再砌 76 米长。“丁坝”拦开江流，不直接冲向凸出的山岩，泡漩水大减，折桅子滩得到科学根治。1973 年秋，著名的“广交会”展示了丁坝治滩成果。

上下羊背係報
部險灘因乾隆五
十二年灘石冲缺水
勢畧平
下属東湖
上属歸州
黑岩子
救生船

獺洞子怪石透迤
江心水勢澎湃觸
石分趨四季皆險
救生船
下羊背
白洞灘
長木沱

崆岭峡两山聳立摩天岩石下垂如肺肝然亦名牛肝馬肺峡江内湍流迅急挽舟甚難務空其艙然後得過因名

北丈珠緊接南丈珠逼溜之中露出珠石中激飛騰小水險

南丈珠三珠餘噴逼溜南下狂瀾恣肆水小至險

頭二三珠在崆岭峡口有大石横截江心左下三石聯珠峙伏水中水小愈險舟行必由大石左旋挨柁右轉毫釐失顧舟靡石上矣

航部

CHUANJIANG CIDIAN

HANGBU

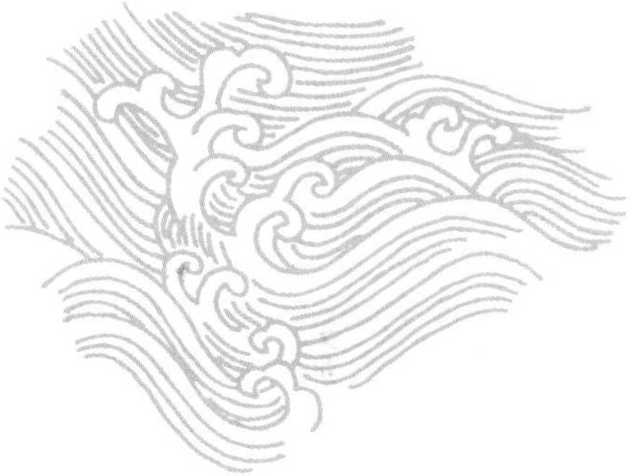

川江号子

九岁时，我第一次听到川江号子。

那年寒假，我第一次去城上游三十多里的外公家。乘坐的川江柏木帆船停靠在县城的沙湾河坝。本来头一天就要去的，因为是农历腊月十九，川江行船忌日，停了航。外公说，船工不敢公开信奉封建迷信，借口船底有些漏水，要修船一天。平常每天天不亮，木船装着村民们顺流到县城赶场，返程是逆流行驶，中午一点必须准时开船，不能耽误。这种短途木班船属外公他们生产大队集体所有，叫副业船，种庄稼才是主业。副业船装客载货的收入全部缴给大队，队干部和赤脚医生、民办老师的开支才有了着落，而每个船工，则由队上每天按全劳力计工分。

我跟着外公从搭在岸边的跳板上了船头，一个头裹白汗帕的高个瘦老头打招呼："李烧火佬儿，接外孙过年呀？"我不明白"烧火佬儿"是什么意思，正准备问，外公却对我说："这是船上的张家长，喊张外公。"我又奇怪"家长"这称呼。后来弄明白是"驾长"，木船上掌舵的人，全船的人都得听他的，下川江一带方言喊成了“家长”。

我叫了声“张外公”。张家长高兴地“哎”了一声，说：“到客舱里坐。”

客舱在木船中部，有一个拱形篾席棚，棚顶齐大人胸口高，船头和船尾的船工可隔着棚说话。人进舱时需低头，进去后可以直身，里面船板比其他舱都低。舱内摆着一排排木板凳，已坐了很多村民，他们面前或放着一只竹背篓，或歇着一副箩脚担子，里面是盐巴、肥皂、煤油和化肥之类的物品。在客舱前的船板上还有两只竹篓，装着叽呀呀叫的猪崽儿。

刚在板凳上坐下，我身后突然传来一阵吼声：“喂呀吆哦荷吆嘿哟哦……”回头一看，张家长手掌舵杆，正大张着嘴唱着。音刚落下，船头接着响起整齐的和声：“哦吔吔吔！”几个手持篙竿的中年船工，有的戳在岸上，有的撑着旁边木船的外舷，我们的船慢慢后退出来。

外公说：“张家长在喊号子，旧社会时川江上每条船专门请人喊，现在不兴了。”外公熟悉这一切，十多岁时就跟嘎祖祖（外曾祖父）在川江上跑船，短船、长航、打广船都跑过。后来舅舅出去当了铁路工人，外公也老了，就上岸照顾一家子。外公继续说：“开船了，两边都停着船，我们从中间退出去，叫退挡，要喊退挡号子。”

客舱前的中间竖着一根高而直的树干，我知道是桅杆，杆顶吊着木滑轮和棕绳挂船帆用。这天江面打上风（吹西风），好行船，但轻微。一个缺了颗门牙的老头和两个年轻船工使劲儿拉着桅杆上的绳索，手臂一上一下，身子一屈一伸，竹竿做骨架的布帆“哗——哗——哗——”地一步步上升。缺牙老头边拉边高唤，脖子上青筋凸现：“喔啰啰啰……”年轻船工齐呼：“莫在坡上转呀！”缺牙老头又喊：“喔啰啰啰……”年轻船工再应答：“河下有人盼呀……”一会儿，船扬帆上行了。

眼前的这一切完全远离我的世界，新奇而陌生，我简直看呆了。外公见我有兴趣，便介绍：“缺牙老头是船上的二篙（船工工种之一），他们扯布条喊的是呼风号子。”因“帆”与“翻”同音，忌说，过去船帆称布条。

我不解：“为什么要喊号子呢？”

“做活路才不觉得累呀！”外公回答着，轻声给我哼了几句：“挨姐坐来对姐说呵——嘀，没得鞋穿打赤呵脚呵，姐姐吔——”第一次听到外公清脆的歌声，曲调抑扬，歌词新颖，和我们平时熟悉的歌曲完全两样。

“好！”背后一直在扳舵的张家长叫了一声，说:“烧火佬儿，今天来一段川江号子嘛。”外公回答：“那是封资修的东西，不敢唱！”张家长又说：“我们不对外说，别个又不晓得。今天逗你外孙耍一下，没得关系。”船舱里的村民也附和着：“李老头，唱一段嘛！”“李老伯，我们都想听，从来没听过……”

这时木船正来到二郎滩下，虽已扬帆，但风力不大，要靠拉纤才能上滩。撑船的船工都已跳上岸，还有几个坐船的村民也跟着去帮忙，缺牙老头正往岸上放拉船的纤藤。外公也许是很久没喊过川江号子了，也可能见我兴趣浓，经不住鼓动：“那就唱一回吧！”他站在船头，张口就来：

爹娘生儿一尺五，
还没长大就送我去读书，
读书又怕挨屁股，
收拾一个包包走江湖！
……

我眼里的外公一直是个瘦弱、矮小而不善言辞的老头，一年四季好像都穿着舅舅给他的劳动布工作服，肩宽袖长，从没合身过。这一刻，他却精神抖擞，声音高亢洪亮，旋律中交织着一种悠远与述说，我完全被震撼了，全身的血液快速地流淌……从此，外公和他的川江号子永远留在了我九岁的那个寒假里。

外公唱的是书头子，喊号子之前演唱，算是一个前奏，提醒船工做好过滩准备。唱完书头子，船工们拉纤的褡裢已挎在肩上，等着外公的号子。

“呀——呀拿下来！”外公的领号声粗犷、敞亮、清脆，船工们齐声回应：“嗨！”短促、有力。

外公又喊：“呀——呀倒下来！”“嗨！”船工们一边应答，一边身体向前倾，开始用力拉纤。这种号子叫“幺二三号子”，船工开始拉纤的时候喊，意思是“1，2，3，开始！”

“啊——呀，搂一下哟！”“喔嗨！扯呀！扯呀！”

“呀嗬——众家兄弟再搂一下哟！”“扯呀！扯呀！扯呀！”

听到这段号子时，只见船工们一边应答，一边使劲儿把纤藤拉直。这叫“小斑鸠号子”，意思是进滩口了，要下大力拉纤。“斑”指橹，“鸠”是桡，扳橹划桡时，因与支撑木桩摩擦发出的“叽嘎”声像“斑鸠”叫而得名。

木船进入二郎滩激流，外公和船工们的

喊答声都简短、急促：

“喔左！喔左！”“喔左！喔左！”

“喔左！喔左！”“喔左！喔左！”

……

二郎滩的水流朝船冲来，外公领号：“呀嗬啊——嗨嗨！”船工应答：“嗨！”这一声“嗨”音落在右脚上，船工们调整步伐，等到整齐一致了，外公又敞开喉咙喊起“数板号子”，一喊一答：

“船到滩头哟！”“嗨！”

“水呀路开呀！”“嗨！”

“阎王菩萨哟！”“嗨！”

“要呀钱财呀！”“嗨！”

“你要钱财哟！”“嗨！”

“给呀搭你呀！”“嗨！”

“保佑船儿哟！”“嗨！”

“上呀滩来呀！”“嗨！”

……

二郎滩不长，没多久木船就上了滩，但还有一段流水要继续拉纤。外公很久没喊过号子了，一直憋足劲儿，有些累了，朝岸上的船工叫了一声：“我歇一会儿，你们各人喊一下。”

一根长长的纤藤从船上斜横岸边，纤藤每边四人，纤头还有一个，称头纤。拉纤的褡裢是白布做成的套子，不勒肩和背，连接一根麻绳，在纤藤上打上活结，越用力拉，活结越紧。远远望去，纤藤像树干，绷直的麻绳就像树干上生出的枝丫，“枝丫”越多，表明拉纤的人越多，滩越大。

头纤接过外公的话，喊了起来：“三个盘子两个碟，仁兄累了我来接。仁兄说的隋唐传，我来就是爹口黄。声音不好要高鉴，字眼不明要包涵。”他也首先来了一个“书头子”。

唱完“书头子”，头纤正在爬坡，喊道：“龙抬头！”告诉后面的纤工要爬坡了，最后面的一个纤工回应道：“往上升！”表明知道了，其余纤工齐答：“嗨！”

坡路中间一个大石头挡道，头纤喊：“当中有！”尾声答：“两边分开走！”众声仍应“嗨！”

过了大石头，道上又出现很多乱石：“满天星各照各！”“乱是乱顶到干！”“嗨！”“乱石嶙峋！”“不要看人！”“嗨！”前面下坡了：“新姑娘拜堂！”“脑壳啄啄起！”“嗨！”这一呼一答一应的是报路号子。

一直站在船头的外公，突然高喊一声：“呀呀嗬——吊下来！”岸上一阵回应：“吔——吔！”纤工们都直起身，纤藤落入江中，缺牙老头忙着把湿漉漉的纤藤收回船上。外公喊的幺尾号子，告诉纤工们“拉纤结束”。

以后一段时间里，木船一直扬帆行驶。头纤得空，手拿一叠零角票在客舱里挨个收坐船钱，有的村民为货票讨价还价，磨磨叽叽半天才肯掏钱，差不多半个时辰才收完。但我没看见头纤找外公要船钱。

船又要过滩了，名叫烧火佬儿滩。成年后我弄懂“烧火佬儿”一词由来已久，讥讽公公老汉想占儿媳妇儿的“便宜”，川江一带民间喜欢这样取乐有儿子的老头。若干年后我回想，是不是用“烧火佬儿”来讥讽、取乐滩的凶险，藐视它，才能征服它？

烧火佬儿滩水流汹涌、江浪翻腾。木船靠岸，一个船工跳下去，在岩石上拴好绹绳，搭起跳板。张家长大声喊道：“盘滩了、盘滩了，都下船、下船！起旱、起旱（走陆路）！”船上只留张家长掌舵和缺牙老头在船头探水路，所有人都下了船。那两只装猪崽儿的竹篓和舱里的背篓、箩脚也被背、挑上了岸。下了船的人，沿着岸边往滩上面走。

人货少了，船也轻载了，拉纤的人反而添了七八个帮忙的村民。外公站在拉纤队伍最前面，面朝下游，一会儿盯着江上的船，一会儿又看着拉纤的船工和村民，不停地喊着号子：

“呀莫嗬哟！呀歪呀吔！”“吔！吔！吔！”

……

拉纤的人几乎四肢趴地，身子随着应答声往前拱。赤着脚板的，脚趾深深抠进了泥沙；穿着草鞋的，在地上蹬起一道道槽痕。走路的村民也纷纷放下背篓、箩脚，手抓纤藤帮忙拉船。我也凑热闹，抓着纤藤拉。突然，张家长一阵吼叫：“那个细娃儿不要命了？赶快让开、让开！谨防纤藤把你弹成两半截！”刚刚还和善的“张外公”这时却凶狠起来，我吓得赶快松了手。

外公在拉纤队伍旁跑来跑去，或趴在地上，或弯下腰，手舞足蹈，喉咙里吼出的“抓抓号子”声明显带着嘶哑。纤工的脚步已不再合拍，但应答仍然合声，并且雄壮、高亢，久久地回荡在江岸：

“水汉英雄！”“喳！”

“南北哥弟！”“喳！”

……

“使力的是我的老子！”“吆哦嘿喔！”

“不使力的是儿子！”“喳！喳！喳！”

……

这时突然出现意外，江中的岩石缝卡住

了纤藤，再怎么拉，船也一动不动，还很有可能磨断纤藤……在这紧急关头，只见头纤迅速脱光衣服，“咚”地扑进冰冷的江中，几下游到岩石边，爬上去，挪开纤藤，所有人这才松了口气。头纤游回岸上，擦干水后的身子竟然热气直冒，他颤抖着穿上了衣服。外公后来告诉我，把卡住的纤藤挪开，叫“抬挽”，旧时广船上专门有人做这个活路。

船快上滩了，最前面的头纤站起身，提起褡裢的连接麻绳一抖，活结从纤藤上脱落了。他赶忙跑到拉纤队伍最后面，重新套上，弯腰埋头继续拉。接着第二个纤工重复头纤的举动……差不多每个拉纤人这样轮番两遍，船终于上了滩，离外公家也不远了。

木船靠岸，接上走过滩的村民继续上行。这整个过程，就是张家长喊的“盘滩”。

直到下船，我始终没看到外公给船钱。外公说：“副业船人手不够，找坐船的人换工，不给工钱，也不收船钱。”

过完年回县城，是下水，木船行驶容易多了。这趟外公没喊号子，一路上小心翼翼地护着一竹篮鸡蛋，垫着粗糠（稻谷壳）还生怕打烂一个。鸡蛋是航标艇上一个水手找他买的，年前就约好了日子。每只蛋五分钱，外公用蛋钱再买回盐巴和点灯的煤油。

船工们一边划桡，一边喊着“起桡号子”，简单、轻松：

“哦嗬！”“哦嗬！”

“吆哦嘿啦！”“哦嗬！”

……

过烧火佬儿滩时忙了一阵，船工们站成八字脚，低着身用力划桡，“招架号子”响亮：

“吆莫嗬！”“嗨！”

“吆莫嗨么哦！”“嗨！”

……

桡手应答的“嗨”字，落在桡片击水的那一瞬间。

出了烧火佬儿滩，进入一段很长的慢流水。船工慢腾腾地扳着桡，很是悠闲，最后干脆停下，坐在前舱板上抽叶子烟、摆龙门阵，让船自个儿随流水前行。张家长一个人在船尾掌舵，他拿出一只装满“老白干”的小玻璃瓶儿，大伙互相传递着，直接用嘴对着瓶口抿一口，提神、暖身，小瓶儿很快就干了。一个多时辰，船到了县城。

这是我唯一一次听到原汁原味的川江号子，虽如张家长小瓶儿里的酒一样干了，没有了，而生命之呐喊的韵律却留在了我心里。

射紅磧南岸峭壁北磧石多水道逼窄前報部亦係册内險灘

新灘為峽中最險名灘兩岸亂石砇砑大石横亘潛伏江心洪流薄石怒濤沸騰冬春水涸其險彌甚非輕舟不可上下舟行至此必運貨陸行名曰起撥

兵書峽俗傳爲諸葛武侯藏兵書處
要和尚岩在兵書峽口形似比丘水淹其石舟不敢過諺云水淹和尚口神仙不敢走
香溪
此處河通興山
要和尚岩
米倉口
小新灘

鋸齒磧石如鋸齒排立江心中水險
三滚灘亂石落列中水最險
金盤磧緊接石門碎石迎立中溜水涸最險
下石門兩岸巨石坌入截江若門四季皆險
下石門
金盤磧
救生船
鋸齒磧

打屌胯

川江木船上的船工统称“桡夫子”，一些支流小河里也叫船拐子、船板凳儿、扯船子。支流嘉陵江合川一带又给船工喊船老板，一些细娃儿在江边看到拉船的经过，自唱自答：“船老板，吃的啥——鹅石板，嗨嗨；船老板，屙的啥——篾块，嗨嗨；船老板，爱的啥——妹儿，嗨嗨。”惹得船工去追赶吓唬他们，他们一下子跑了，又在远处喊唱起来。

根据不同的工种，桡夫子有很多的称呼：前驾长（撑头）、后驾长、二篙（闲缺、二补篙）、撑竿、提拖（爬梁架）、三桡（抬挽、结尾）、烧火（杂工）、号子、头纤（水划子）、桡工（纤工）、杠子（岩板）等。有些工种，在川江的某一段、某一地和不同的小河（指支流，川江叫大河）有一定的差别，没有统一的叫法。船工之间一般按工种互称，或叫连手（联手）、老庚，或喊名字以及小名、绰号、诨名。

我生长在川江边的小县城云阳，几十年来一直都是喊“桡胡子”。有人认为，下川江的云阳、奉节等地，甚至湖北巴东、秭归一带，因方言发音的问题，容易把唇齿音与不是唇齿音的字混淆，比如夫（fū）

是唇齿音，而胡(hú)不是，所以喊成了“桡胡子”。

川江一带很多地方土话中，统称外公外婆为“嘎嘎(gāgā)”，外婆叫“小嘎嘎”，外公为“胡子嘎嘎”。“胡子”是川江男人的别称，代表雄性与健壮，表现了船工粗犷、豪迈的性格特征。“夫”有一种文绉绉的感觉，我认为“桡夫子”喊起来反倒斯文了。

川江上的老船工告诉我：不管你们叫桡胡子，还是桡夫子，反正我们不兴楞个喊，都是你们取的,然后传了下来。看来“桡胡子”与“桡夫子”都属于他称，而不是自称。

土话和俗语在民间口头相传，往往只有读音，没有标准字形，大家明白其意就行，没有对与错。有古人注释杜甫诗中川江船工称谓时说:“既有同异，亦分古今，而义主通俗，若解方言，非江航通用者不具载。”

一提起桡胡子，很多人脑海里马上出现这样的情景：不管寒冬酷暑，全身赤裸，身子匍匐着背负长长的纤藤，在嘿哟、嘿哟的号子声中艰难前行。大多数人的理解是，桡胡子一会儿上岸，一会儿在船上，时常涉水，衣服打湿后，做活路和行走都不便，而且冬天裹着湿衣更冷，也容易生病，因此他们只好常常赤裸身子。

其实不然，桡胡子也怕冷，也怕羞。在支流汤溪河边，小时候的冬天，我偶尔看到木船上走下一个赤裸下身的桡胡子，光着的脚后跟裂开一道道血口子，上身穿着一件没了扣子的破旧棉袄，用草绳系住腰，双手抱着插进怀里，腋下一边夹着裤子，一边夹着空酒瓶，瑟缩着朝小镇走来。快接近小镇那坡石梯时，赶忙穿上夹在腋下的那条裤子。在镇上打了酒回船去，刚下完那坡石梯，马上脱下才穿起不久的裤子。

支流澎溪河上有一句民谣，也是说桡胡子怕羞的：“船板凳儿不穿裤，当门搭块遮羞布。”

支流上有一种操作叫“背船”，当然不是真的把船背起来。小河水浅、卵石滩多，河道弯弯曲曲，桡胡子或撑，或拉着木船上行，常走水缓的岸边。但船时不时搁浅，要有桡胡子站在水里，用力推着船舷重回水道。推船没有那么大劲儿时，就用背去顶，力量大得多。这就是“背船”。背船一路都有，不分冬夏，桡胡子就一直在水里或推，或背，也只能赤裸身子，或“打屌胯”（光着下身）了。三峡一带乡民习惯喂养山羊，容易弄到羊油，严冬时，一些推船、背船的桡胡子用羊油搽下半身，防皮肤皴口。

支流小河的情景如此，川江大河的桡胡子怎样呢?

川江水流湍急，江中和岸边乱礁、岩石密布，桡胡子拉纤上行时，纤藤常被江中礁岩卡住，还很有可能被磨断，船不能前行不说，导致激流把船冲下滩去，撞礁而翻沉。遇到这种紧急情况，有专门的人会立即凫水过去，动作十分敏捷，挪开纤藤。这在木船航行术语中叫“抬挽”，也叫“抬水挽”。如果在岸上挪开被石头卡住的纤藤，则称“抬旱挽”。挽，拉、牵引之意。

抬挽的活路由船上的三桡负责，一开始拉纤时，他就赤裸身子或身着单衣，蹲在船前方的岩石上守候；一会儿又朝前跑，追赶上走远了的桡胡子，再站在高处，始终留意纤藤的情况。

抬水挽的时候，凫水当然赤裸身子，但这只限于抬挽的人，拉纤和撑船的桡胡子并不是。拉纤时，桡胡子少则十来个，多时几十人，都是船靠岸把他们送上岸。因为拉纤的同时，提拖要准备纤藤、行缆，驾长要看水势、观航漕，船必须靠岸。拉纤结束，要往回收纤藤，顺便再靠岸把他们接上船。这样，川江上的桡胡子不需要沾水。也有的船不靠岸，但离岸很近，桡胡子上岸上船纵身一跳。

巴东县官渡口镇的谭邦武，八岁时开始在川江学弄船，十三岁当驾长，二十岁时已是上重庆下武汉的老江湖了，一辈子没出过事。后来木帆船被淘汰，他六十岁学开机动船，九十岁时还动手做了一条木船。2014年，一百零一岁时去世，被称为川江上的“活化石”。对于裸体桡胡子，他十分肯定地说：川江上是没有的。川江水深，桡胡子都在岸上走，基本上沾不到水。

巴东一带的老桡胡子说，四川人穿长衫，里头连窑裤儿（短内裤）都不穿。他们编了一个顺口溜：“四川人，本爱假，穿长衫，打屌胯。四川佬，生得确，穿长衫，打赤脚，腰里系根麻索索。”

四川桡胡子穿的长衫叫衲坨，短的过膝，长的到脚跟。常年在江上日晒雨淋，衲坨早已由深蓝变成灰白色，破了补上一块疤，一层缀一层，新新旧旧，单层的变成了夹衫，轻的几斤，重的有十多斤。衲，密密缝补之意，一层一层的补疤，又厚又重，当然成坨。“衲坨”就是这么得名的。川江号子里有词喊唱道：

“粗茶淡饭用力换，长衫裤衩疤上疤。”桡胡子把衲坨当成宝，一年四季不离身，夏天吸汗、遮阳，穿起不热，冬天抵挡寒风，穿上不冷，雨水又淋不透。桡胡子平常的衣服上不了当铺柜台，唯有这衲坨可当。

穿衲坨的四川桡胡子，需要涉水的时候，把下摆往上一搂，在腋下一扎，便露出没穿窑裤儿的屌胯，所以成了巴东桡胡子口中“穿长衫，打屌胯”的样子。

清代和民国时期，来川江旅行的外国人很多，留下大量的川江老照片，桡胡子在劳作和歇息时绝大多数都穿着衣服，虽然破旧，甚至有时不能蔽体。只有少量老照片中有赤身裸体的桡胡子出现，而且都是在夏天，冬季一般都穿着棉衣。夏天时，光着上身、穿长裤子或窑裤儿的桡胡子比较常见。20 世纪 50 至 80 年代的川江老照片中，几乎见不到裸体桡胡子，有的都是近二三十年的一些彩色摆拍照片，那白嫩嫩的屁股与黑黝黝的脊背、大腿形成明显的反差。我认识的所有老桡胡子都说，新社会不准打屌胯。

川江里桡胡子全身赤裸并不是常态。谭邦武老人一句话道出了理由：热天，四川有的桡胡子一丝不挂，湖北的桡胡子就要穿短裤。热死也要穿，风俗和个人习惯不同。

人鮓甕亦名吒灘江心有石梁
九道據江三之二五六月水勢噴
薄声若雷霆黄山谷詩云命
輕人鮓甕頭船日渡鬼門關
外天即此為歸峽最險處
上尾灘因蒲莊河山水冲出
為患報部册内險灘
將軍山
文廟
歸州
吒神廟
吒溪
人鮓甕
救生船
上尾灘
陰陽山
碎石灘

屈原三炮水勢湍急逼流
成漩大水最險
蓮花三漩江内怪石錯綜水
急漩深中水最險
烏牛石在江心露出水勢洶
湧中水最險
屈原三泡
烏牛石
蓮花三漩
楚台山
老歸州

上石門兩岸山脚橫截江心水勢湍急大水至險
上石門
上石門
雄黃山

洩灘江心有石名洩牀洩枕逼水成漩大水至險
洩灘
救生船
獨石仔
莫武灘
樹坪
沙鎮溪

纤　藤

“妹妹你坐船头，哥哥在岸上走，恩恩爱爱纤绳荡悠悠……”一首《纤夫的爱》，唱遍了大江南北。

歌中的“纤绳”应该是“纤藤”，当然也可以喊成“牵藤”，牵引之藤。“绳”与“藤”在川江木船上有很大的区别。绳，称缆绳或棕绳，材料为棕丝或苎麻，用手或工具先搓绞成一根一根的细绳，再合编成粗绳。绳的质地柔韧，耐磨损，但成本比较高，沾水后笨重，主要在靠岸时拴船和升降布条用。

纤藤用十多根竹篾条花编而成，不吸水，沾水后很快就沥干了，不然几百米长，那重量可想而知。它一般长百丈（约三百米），甚至更长，故俗称“百丈”。每只船大多备有大中小三根纤藤，大的为南竹或斑竹篾条编织，称坐藤，重载船过激流大滩时使用；中号用斑竹或慈竹篾条编成，称二行，过一般险滩时使用；小者用慈竹或水竹篾条做成，称飞子，船只空载或过缓流时使用。大中小纤藤是相对的，揽载船（短航船）可用小船的坐藤做二行，也可用大型船的二行做坐藤。跑长途的打广船纤藤在岩石上摩擦严重，只能用一趟水（往还）。

纤藤暴晒后容易脆断，夏天不用时经常要用水淋。新买来的纤藤，用前要用烟火熏，熏得黄黄的出油。旧时，西陵峡一带的铺子，都用石灰水浸泡着纤藤出售，而支流澎溪河的纤藤在编织前，篾条卷成一圈一圈地先用水煮。这些办法都是为了增强纤藤的韧性。

有读者不解："纤藤那么粗糙，不勒肩吗？"

其实纤藤并不直接套在桡胡子的肩上，套的是一个布套子，称褡裢，它在川江及支流上还有很多名字：搭布、搭袢、褡背、褡帕、褡索、连肩、拉帕、扯扯等。褡裢用一条白粗布做成，叫纤袋或串带，两头连着一根两三米长的麻绳，名八股绳。八股绳的另一头打有疙瘩或绑着一节小木棍，后来是一块有洞的小铁块，称钻钱。谭四娃儿说，新中国成立后，铜壳子（铜元）没得用了，我们钻个洞当钻钱用。钻钱在纤藤上打活结，拉纤时，越用力，活结越紧，不会松脱。

不仅歌里唱的"绳"与"藤"不一样，而且更不能"荡悠悠"。

拉纤时，桡胡子们匍匐在地，手脚并用，倾尽全力，艰难前行。旁边的号子工一手打着撑花（伞），一手摇着油纸扇，逍遥地喊着号子。为防备有桡胡子偷懒，号子工会突然跳到纤藤上跳几下，如果有桡胡子踩假水（装样子），立马摔个仰八叉。这一招的行话叫踩榨或上榨。

想想，这能"纤绳荡悠悠"吗？

清代后期，有位英国商人第一次来川江，搭乘的木船过三峡泄滩时，遇到了激流，船头突然横向江心，并向下游冲去。岸上拉纤的桡胡子被拉倒，有两个没来得及松开褡裢，被拖过岩石，摔倒在江边的乱石堆上，一死一重伤。幸运的是，江面这时刮起了上风，船上的桡胡子迅速拉起布条，船速慢下来，奋力划到岸边，才没被冲到下游撞石而毁。

有一位姓罗的老桡胡子，年轻时在支流乌江拉船。有一次，船在滩口被激流冲打横，突然像一匹狂奔的烈马，拖着纤藤上的几十个桡胡子冲向下游，谁都没来得及扔掉褡裢，纷纷从高高的纤道上被拖下来，摔在乱石堆中。罗老桡胡子幸好滚在一小块平地上，只觉得眼睛直往外鼓，心口十分难受，好一阵子才缓过气来。他抬头一看，有的碰得头破血流，有的脑浆迸裂，还有的被撞伤后又拖进江里淹死了。惨叫呻吟声一片，那情景惨不忍睹。

船被激流冲打横的情形在行船术语中称“打张”,为桡胡子拉纤“四怕”之一。另三怕是：断藤——轻者跌伤，重则丧命；抬挽——挪开岩石卡住的纤藤时被弹伤;钻船——船钻入江中翻沉，桡胡子性命难保。

川江上有一处地名，给我留下很深的印象。奉节与云阳交界处的北岸，沿江有一条长长的溜石皮（光石板）坡，江中有险滩，桡胡子拉纤时爬过石板坡，常累得精疲力竭，曾有人被累死。后来石板坡被称作拖板，滩叫拖板滩。这个地名见证了桡胡子的血与泪。

听了这些故事，你还觉得“纤绳荡悠悠”吗?

支流神农溪的“豌豆角”木船很小，一般只需一两个桡胡子，也常常是夫妻两人走船。曾经的老桡胡子说，过去上水拉船时，我佑客跟在一起，一遇到拉不动的时候，她就下船帮我推，搭一把力，不会只看着我拉船，“妹妹坐船头”的恩爱，和我们桡胡子无关。以前川江上走船，特别忌讳女人上船头，“妹妹坐船头”更是不可能的事。

川江上的忌讳多。现在舞台上表演川江号子时，为渲染气氛，表演者首先要来一句高亢的吼声：“开——船——啰——！”殊不知“开船”就是一个忌语，有破船之意，桡胡子们平时都说开头、亮船，或叫退挡。旧时木船开头时，根本不喊什么“开船”“开头”，直接就是一阵退挡号子：“喂呀吆哦嗬吆嘿哟哦！”众人合声应答：“哦吔吔吔吔！”

川江轮船航行没有号子可喊，在码头上，它的高音喇叭催促旅客也是高呼：“赶快点！马上开头了！”

走船有忌讳，艺术再现也有忌讳——硬伤——文学作品中的一种常识性错误。

八斗滩水势南趋大泡时
作夏秋二季连险
上八斗
下八斗
葛使沱
台子湾
白石河

牛口山脚碎石直入江心水
势汹涌四季皆险
下属归州
上属巴东
牛口
碑湾

身　钱

“脚蹬石头手扒沙，躬腰驼背把船拉，每天吃的猪狗食，死了河里喂鱼虾。”这是描写川江桡胡子悲惨生活的民谣中，传播最为广泛的一首。版本有多个，有些词句不一样，但意思相同。

桡胡子的生活确实凄惨、辛酸，桡胡子相互之间也比较冷漠。有一次，一只打广船回川，途中一个桡胡子生了重病，船老板立即叫人把他抬上坡，丢下不管了。生病的桡胡子在乱石中挣扎起来，哀求道：“老板啊，我还没死呀，把我装回去呀！”船老板心肠狠，其他桡胡子也没谁去搭救，也许是无能为力，也许已司空见惯，麻木了。据老桡胡子摆，上船之前都和船主讲好的，路上死了不负责，拖上岸甩了。这叫“沟死沟埋，路死路埋”。地方保甲长看到这些“荒尸”后，一般都用民众捐钱制成的“施板”“火匣子”埋掉。因此，川江号子的书头子唱道：“中途得病最悲惨，就丢你在岩湾边，一床烂席遮上面，哪个来照你的闲。”

清代后期，一个英国人租船到重庆，给了船上桡胡子一些赏钱，由烧火保管，拢码头后再分给大家。有一天早上，烧火发现钱少了，全船桡胡子被搜身，找出了那个偷盗者。他不仅遭到一顿暴打，还被抢去身上原来仅有的几个铜钱，又在一个荒郊野外被撵下船去。他身上带伤，已无分文，最后不知是死是活。

有一年巫峡里涨大水，桡胡子顶着大雨拉纤，突然船打张，靠近江边的一个桡胡子来不及松开褡裢，被纤藤拉进江里，一下子就被浪卷走了。途中歇息的时候，船老板叫人买一些香、纸，烧给淹死的桡胡子。拢码头后，船老板又把工钱结给那个死了的桡胡子的家人，但没有一分钱赔偿。这个船老板算是桡胡子口中声称的好人。

跑船的桡胡子吃高粱米、陈旧米，还经常饿肚子。于是,有的桡胡子第一碗饭舀很多，结果吃得慢，等他去舀第二碗时，已甑底朝天。机灵的桡胡子有经验,第一碗装得平平的，马上吃了去舀第二碗，第二碗要装满，吃完赶紧去抢第三碗，使劲装，还用饭勺压一压，能装多少装多少。这叫“一平二满三垒尖”。桡胡子平时吃的菜是水煮白菜和干辣子炒盐。稍好一点的可吃菜豆腐，也叫“连渣闹儿”，把水泡过的黄豆用石磨推了，连汁带渣与青菜一起煮食。

拉纤的桡胡子唱道:“脚蹬石头哟手扒沙，找两个钱来哟，喂娃儿他妈。”受苦、受累，为的就是几个工钱,桡胡子称生钱,或者是“身钱”，传下来的只有读音。也许叫“身钱”更合适——用身体换来的钱。

1931 年，在支流乌江上，从涪陵拉纤到龚滩约一百八十公里，因乌江特有的“歪屁股”船不用风帆，要走四十天左右，一个扯船子可得身钱四块银圆，驾长最高，是扯船子的二三倍,甚至更多。二十世纪三十年代初，一块银圆在重庆城最高可换铜钱二万八千文，一般情况下换二万四千文左右。当时一碗小面一百文，按现在每碗六元的价格，四块银圆最少折合五千七百六十元。这在主城也不算低收入，当时乌江流域非常偏僻，民众普遍贫穷，买到的东西会更多。

活了一百零一岁的三峡老桡胡子谭邦武，二十多岁时已是上重庆下武汉的年轻老驾长了,收入非常丰厚，一个人养活全家十八口人。1941 年，他与另外两个桡胡子闯日本人的关，从巴东运了一船梨子去湖南卖。当地几分钱一斤的东西到湖南卖几角钱一斤，一船卖了二千块大洋。把钱缠在裤腰带里，衣服往肩上一搭，回了家。虽说那个时期物价飞涨，大米卖价比抗战初期涨了十多倍，二千块大洋仍可买三千五百多斤大米，全家十八口人能吃半年。卖了梨,他们顺便把船也卖了，川江木船在长江中游一带很好出手，那里造船木材紧俏。

民国时期，澎溪河运煤船的桡胡子身钱每月十五块银圆，比县政府一个班长的月俸还高五块，相当于一个班警或公役的两倍月俸。另外货主担心途中煤炭被偷卖，每趟给每个桡胡子两角“欢喜钱”，一个月三趟，酒钱够了。

三峡沿岸都是高山，地瘠民贫，女子都往外嫁，男人娶媳妇非常不容易。但神农溪的桡胡子很早就能在当地盖起瓦房，娶的是山外好地方的姑娘，如果娶当地姑娘做媳妇，一定会选娘家境况比较好一点的。

“手扒石岩脚蹬沙，为儿为女把船拉。脸朝黄土背朝天，赤脚光膀心发酸。”桡胡子虽然生活悲惨、劳作艰辛，但换来了家人的安稳。

川江上也有很多桡胡子非常贫穷、潦倒，祸根往往是大烟和窑子。身钱都被抽完、逛完了，一辈子未娶。老了，白天沿街乞讨，晚上睡在船帮龙王庙的屋檐下，行内叫“蹲山门”。民国时期，下川江一带跑广船的桡胡子都知道“何拌灯儿”，是个老驾长，认得到江上的每一块石头。如果船老板哪点没顺他的心意儿，他就变着花样“找事儿”。比如故意把船舷碰个洞。虽然事不大，但修船要耽搁时间。船老板一般都吝啬，只要他喊一句：老板，烧火的说没得伙食钱了。老板赶快“数壳儿”（给钱）。船老板们既恨他，又要雇他，因为他驾船技术好。为了解气，便给他取了个诨名“拌灯儿”。何拌灯儿的身钱当然高，但抽大烟、逛窑子花光了，一辈子没说（娶）佑客。他老了，驾不动船，无家可归，孤零零地睡在江边的篾棚“棕包栈房”里。后来得病死了，栈房老板贴钱埋了他。

巫山碚石镇在巫峡南岸，分上、下两街，中间隔着的一条小溪是省界沟，即湖北与四川的分界线，上街是四川，下街为湖北。民国时期，上、下水木船常停靠在上街，街上有茶馆十多家，生意兴隆。而下街却无船停靠，行人寥寥，店铺冷清。湖北严惩种、运、贩鸦片大烟者，连抽烟人都判死刑。四川是鸦片产地，对种、吸者不追究，只处罚贩运人，也不判死罪。桡胡子中的瘾君子想方设法都要在这里停船，出川的想过足烟瘾，回川的要补足烟瘾。

沿江城镇过去窑子多，高低档都有，桡胡子去得最多的是“私窝子”，因为价格便宜。码头河滩篾席棚的窑子称“钉棚”，卖身的女人长得难看，一般都在晚上接客，看不清模样，光顾的多是桡胡子和码头上的苦力。奉节、万州等大的码头停靠着花船，卖唱、卖身的都有，方便桡胡子。奉节自古设有税关，上下船只必须报关候验，每天停船成千上万，热闹非凡。傍晚时分，一只只挂着小灯笼的木划子在江面往来穿梭，卖身女子在船上伴乐歌唱，招诱客人。1944 年的夏天，万县城江面刮大风，吹翻了一只花船，还淹死了一名来自扬州的卖身女。

旧时俗话说，挖煤的炭狗子“埋了还没死”，而桡胡子是“死了还没埋的人”。也许正是这种命运，纵容了桡胡子放荡不羁的人生。

青竹標本蛇名其行最駛
灘水似之
青竹標

無源洞

火燄石在巴東江心怪石聳立形狀猙獰春夏水急則怒濤如雷声聞十數里外舟人恒怕泊舟避之
門扇峡
此處通施南旱道

母猪灘巨石横亘江流洪泛大小水皆險
娘娘灘
巴峡
母猪沱

鸡　卜

旧时，川江建造木船的工人叫“水木匠”，沿岸码头很多，都建有自己的行业公会，按木匠祖师爷的名字取为“鲁班会”。外公曾告诉我,领头的师傅称“掌墨师”。他们平时都在码头上固定的茶馆里等活，要造新船的船主，去茶馆请自己信得过的，或者别人介绍的掌墨师。掌墨师根据活路的大小，临时招雇水木匠，可多可少，能聚能散。

造船时间集中在冬春的枯水期，沿岸退出大片的沙滩，场地宽阔，不需厂房，不搭工棚，在沙滩上垒一排土石墩子就行了。外公说，那个时候的掌墨师真能干，造船不用图纸，连草图也不画，船主提出要求后，尺寸样式全装在了他脑壳里。

选一个黄道吉日的午夜子时，把一根做“龙头枋”（船头横木）的原木架在马凳（杩槎状的三脚架）上后，开始祭拜鲁班祖师爷，求赏个饭吃，保佑造船顺当。祭拜前，掌墨师要先烧一堆柴火，传说鲁班的母亲韩婆婆在山上置办木材时被冻死了。然后点香燃烛烧纸，磕头作揖，并杀一只大公鸡开祭，称“开墨鸡”。掌墨师边祭，边念念有词："奉东请诸仙大神……"随后在龙头枋原木上弹下第一条墨线，祭祀便告结束，等天亮后才正式动工。祭祀过程中听到鸡叫、狗叫或其他什么嘈杂的声响，必须另外选日子。深夜弹墨线，万籁俱寂，又是黄道吉日的开端，当然合适。不过这种祭祀习俗在清末后就逐渐没有了。

天亮后开工，掌墨师大声念道："开山一响天门开，请得先师鲁班下凡来……"便用开山（斧头）劈下龙头枋的第一片木屑，木屑掉在地上，如果劈面朝上，造出的新船一定顺畅；劈面朝下或侧立在地面，会一路坎坷、曲折，船主心里自然不高兴。好的掌墨师，一定要让第一片木屑劈面朝上，这就是手艺。

造船分五个阶段，首先把船底板料铺在土墩上做船底，叫铺墩，接着刨亮子（船舷）、上亮子、开舱、最后平墩。刨亮子、上亮子是做船体的工序，开舱则用春茸后的竹瓤（竹丝）调石灰、桐油拌合成油灰，舱（嵌塞、填补）船舷和船底板儿缝。先舱船舷两边，再把船侧立起来舱底板。舱完底板儿缝，把船平放在土墩子上就算完工了，所以叫"平墩"。平墩不择日子，表面上看是碰巧，实际上掌墨师心里有数，会算好时间，照船主喜欢的农历日子完工。

平墩后要杀"收墨鸡"。船主手提一只大公鸡站在旁边等候，掌墨师点燃香烛，口念咒语："东敬茅山（道教名山，在江苏）李老君（老子）赐雄鸡一只，弟子手提这只鸡，鲁班菩萨赐你来把船头祭。"这时便从船主手中接过大公鸡，继续念道："身穿五色毛衣，脱了毛衣换布衣（意为鸡会变人），有凶报凶，无凶报吉。"后几句咒语一边念，一边用开山把鸡杀了。一手扯鸡头，一手捉翅膀，让血能够完全流出来，横起淋在尖子舱（第一个船舱）锁幅（舱盖板）上。同时又念道："东请孤魂野鬼，有庙堂归庙堂，无庙堂就各散五方。"尖子舱锁幅有一定斜度，横起淋的血必定往下流，一直流进走舱（第二个船舱）。只看前三条流血，如果第一条流下去不分叉，行船会一帆风顺，第二条、三条也不分叉，这只船便万事大吉。如果其中哪条分了叉，就预兆那趟水（航次）要出问题，开头（开船）和途中都要摆香案祭祀，请求菩萨保佑、逢凶化吉。平安回来后，靠头（停船）时又要祭祀一番，答谢菩萨。

掌墨师要拔几根"收墨鸡"头上的毛，沾上鸡血，巴在龙头枋、太平舱、五马橙（船篷后的舷立柱）三处，祭谢鲁班，使造船顺当。做完，把收墨鸡放在地上，径直走出工地，千万不能回头。晚上再去船主家吃“神福”（打牙祭），顺便结工钱。包括开墨鸡在内，造船一共要吃六个神福，每完成一个阶段，船主都请掌墨师和他雇的水木匠吃。平墩后的神福，船主还会发“喜钱”。俗话说：“大木匠望上梁，小木匠盼下场。”建房安大梁（上梁）时只给师傅红包，完工（下场）时人人有份。

“开墨鸡”和“收墨鸡”是川江造木船时的“鸡卜”（占卜方法之一），用来测凶吉祸福和当祭品，以求平安与顺畅。

川江走船（行船）也兴鸡卜。木船开头前，驾长在船头备好香盆，小船一般没预备，便找一双桡胡子穿过的草鞋，插上一对点燃的蜡烛，又引燃一叠黄表纸，在空中舞动几下，再点上三炷线香。线香没有竹芯，燃时长，寺庙里常用来燃香计时。这时，驾长手捉一只大公鸡，用刀在鸡脖子上慢慢一拉，刀两边都必须沾血，并一下子涌出来，一根线地滴在船头。大公鸡挣扎着一下子毙命，赶紧用手捏住嘴壳子，不让其再发出声响，有“一声福，二声祸，三声四声船要破”的禁忌。而杀鸡刀两边沾血，见了红，预兆这趟水财喜儿（财运）和平安都有。等大公鸡完全断了气不动弹后，才丢在锁幅上。丢之前，把鸡头夹在翅膀里，不然嘴壳子遇巧戳在了两块锁幅之间，又是凶兆。

旧时川江民谣《重庆歌》，唱的是重庆城九开八闭十七道城门，里面就有这个情景：“洪崖门，广船开，杀鸡敬神。”停靠在城门洪崖门外码头的出川木船，开头时都要杀鸡敬神。

行船途中，每到一处险滩，上滩前都要烧纸敬香，往江中撒米、倒酒。如果是大滩，必杀一只大公鸡祭拜各路神灵。下水木船过那些著名险滩时，要请当地的滩师放滩。滩师都是本地人，自幼跟老一辈学放滩，身怀绝技。滩师身着灰色或青色的上衣，下穿一条松垮垮的“灯笼裤”。他始终站在船头，手执一面小黄旗，上面写着一些吉利词，沉着指挥放滩，不时抓一把大米撒进江中，表情严肃而凝重。整天嘈杂的桡胡子这时一个个安静并紧张有序地忙碌着，直到驶进水缓的江面。

有一次，我在江边的卵石泥沙中捡到一个铜小钱，以为是沉船上的。一位在江边转悠的老人告诉我，上面有个滩，过去木船过滩，桡胡子都会丢几个铜钱在江里，叫“蚀财求平安”。水枯的时候，很多滩下的岸边都可以捡到这种铜钱。

川江流域森林茂密，自古有人砍伐树木后，用藤索捆绑成木排在川江及支流上漂运。每逢木排出行的黄道吉日，排佬头儿右手提着锋利的开山，左手虎口卡住一只大公鸡的翅膀，把鸡头平放在木排前舵的支撑木桩上，“砰”的斩下去，鸡头落下，血喷溅在舵上、木桩上，祭拜各路神灵。趁着木桩上的血还没凝固，黏稠，沾上几片鸡毛，可以一路避邪。这一开山下去，如果鸡头没有利索落下，预兆一路会有坎坷，排佬头儿必定十分谨慎地打起精神放排。川江支流溪河中随处可见的是石头，排佬儿最怕途中遇激流撞石散排，冲走原木拿不到工钱不说，有时性命也难保。出行前，还要点香燃烛祭拜一番岸边的大岩石。

每次出行，总有山里人搭排出山。如果随行的人姓“陈”“程”“成”，与“沉”谐音，排佬儿们忌讳，就喊“抱东”“禾口”“挑脚”，或者要求临时改个姓。山里人秉性固执，“宁肯卖身也不改姓”，姓与“沉”谐音的人一般不轻易开口搭排。女人搭排，不能走排首，要从排尾上排。

排佬儿们除恪守川江船工的种种禁忌外，额外多一条：吃饭时绝对不能分筷子。意味着散排，非常不吉利。

“鸡卜”只是一种仪式，造船的“开墨鸡”和“收墨鸡”，进了掌墨师和水木匠吃“神福”的嘴里。木船开头前的那只大公鸡，趁退挡时，烧火（砸工）已从锁福上捡起来，把毛拔得干干净净，炖在了鼎罐里。炖个八九分熟，捞起来，扯成八大块，号工吃鸡头，喊号子像公鸡打鸣一样高昂；鸡屁股留给后驾长，好掌握全船平衡；翅膀分给桡工，好奋力在船舷两边划动；鸡腿让给打桩（在岸上打桩拴缆绳的人），求稳当、有力；鸡肠子、鸡爪子派给头纤和纤工，纤藤长长不断，纤工的脚丫子深扎在沙滩上，一步一稳……这是吃“鸡八块”，也叫“开头肉”。吃了开头肉，桡胡子们个个勤快、不偷懒。

清代后期，很多外国人来川江旅行、探险，了解西部商情。有一天，一个叫汤马斯·库柏的英国人坐木船上行。进入西陵峡后，一时兴起，站在船头喊起了澳大利亚土著号子，声响在寂静的峡谷中久久回传。突然，山崖上滚下来一块大石头，撞在船前方几十米高的突出岩石上，地也跟着抖了一下，然后随着闷雷般的声响砸进船前十来米的江里，溅他一身的水。汤马斯 · 库柏吓得浑身颤抖，回过头一看，全船桡胡子也吓得跪在锁幅上，一动不动。一切平静下来后，桡胡子们才慢慢站起来，把船抛河（横江）到对岸，停靠了一个多小时，没人说一句话。汤马斯 · 库柏没趣儿，一个人到船舱睡觉了，直到被人叫醒。驾长说，库柏得罪了山神，要遭惩罚，想停在这里过夜，杀鸡烧纸敬香，以求平安。木船是库柏花钱雇的，他要求必须走完当天的行程才能停下。桡胡子们没办法，只好继续上行，但一个个忧心忡忡的。库柏根本不相信惹了山神，一路上确实再也没发生什么事。

接着库柏到了云南，想借道西藏去印度，不料被当地人关了一个月，放出后只得折还。

几年后，柏库被派往印度（英殖民地时期）做官，不久被他的一个卫兵谋杀了。那块砸进江里的滚石会不会是前兆？或许这次他真的得罪了谁？

我问过外公，鸡卜真有那么准吗？他告诉我：鸡是二十八个星宿中的一神，叫昴日鸡，能通天入地，可以向神鬼传递人的意愿。

腹裏新崩諸處皆巴峽險隘春夏水漲江面曲折洪流水勢由冷水溪北趋新崩灘復旋腹裏磧再觸小燕尾石黄花呈直下

鐵棺峽石壁千仞飛鳥不可及處有黒石横架望之若鐵棺然故名

布袋口為蜀楚分界之區江流湍急水大至險

腾空放炮

黄老汉年轻时在汤溪河驾鹅船。有一年缺粮，从山里运苞谷，麻袋装起的，二百斤一袋。途中，黄老汉拿一截细竹管儿，削尖一头，“欻”的一下插进麻袋里。管儿中马上滚出一颗颗苞谷籽，用碗接着，一会儿就满了。再顺手扯出竹管儿,麻袋上不留一点痕迹。干净、利落，那动作恰像乡下人劁猪。桡胡子之间的“黑话”就叫“劁猪”。

一大麻袋苞谷少这么一点，看不出动了手脚。每袋“劁”一碗，一船几十袋，便有了一二十斤。苞谷不能带拢码头，怕被发现。半道上有一片卵石滩，滩上地名闲窝凼，水平缓。鹅船靠头，岸边有一个穿蓝布衣服的女人等候在那里，接过黄老汉提过去的一袋苞谷，转身就走。这一提一接之间，连一句话都没有。然后，黄老汉用篙竿往岸上一点，鹅船离了岸。

运完苞谷，歇船一天，黄老汉去了趟闲窝凼。蓝衣女人早用石磨把苞谷推成了面，这天，做了一甑子苞谷面饭，热冒冒、香喷喷的。就着油炒过的陈年盐菜，黄老汉吃了三大碗。临走，提上一袋苞谷面，算是回报。几十年后，黄老汉回想着说：山里的女人真能干，苞谷饭做得好香哟！

黄老汉驾的鹅船是一种平底小木船，腹宽头窄似鹅身得名。鹅船专走下水给盐厂运煤，夏天水大装五吨，冬天水小装二三吨。上水绝大多数时间返空，偶尔装盐，看路程远近，装一吨或半吨，全靠桡胡子拉船、推船。

盐用竹编篾包装，每包一百斤。盐比苞谷精贵，黄老汉肯定要"动手脚"。篾包为方形，软细篾条缝口，四角向上翘。黄老汉解开篾包角，用木饭勺，从每只角里舀一勺盐。运盐不像运苞谷，交货时须过秤，少了斤两要赔偿。黄老汉就往四角里灌米汤，稠酽，不稀释盐，交货时看不出，斤量又足够。黄老汉说："这叫'割耳'。"

动手脚的还有桐油，烧滚烫的开水，用热气润湿油桶封口油纸，舀几瓢后赶快趁热敷上，干后一点看不出痕迹。装酒的大瓦缸，拿金刚钻钻个米粒大小的孔，嘴巴直接贴上去喝，喝够了，用补锅的那种粘泥堵上即可。

黄老汉直言不讳："我们沟沟河头的船，都是装么子，吃么子。"土话喊川江小支流为"沟沟河"，"么子"是"什么"的意思。

川江拖轮上退休的老船员郑老头说，我们私下有一句顺口溜：十船九强盗，一船不偷不公道。那些木船挨着我们靠起，晚上我们用绳子拴住他们船上的货，天亮船开头，把东西一下子拖下了水，然后再拉起来。船开头阵仗大，机器轰轰响，木船上的人一点也察觉不到。

过去民间讨生活的人，大多有这种好占便宜的习惯。民国时期，开县温汤井盐场的炭老板，担心煤炭中途缩水（减量），干脆每趟给每个桡胡子发两角"欢喜钱"，每天的酒钱有了。

桡胡子冉白毛摆龙门阵：过去我在嘉陵江的沟沟河驾木船，经常装猪，一般都由猪贩子包伙食。有一个猪贩子很啬巴（吝啬），我们有时连饭都吃不饱，更不用说有烟酒招呼了。连手们（伙计们）暗地里整他，大热天，给猪喝水，放了很多盐。那些猪渴得在舱里乱拱、乱窜，像疯了一样，有的蹦出亮子（船舷），掉到河里。连手们边看边笑，猪贩子急得双脚跳，只好花钱请我们下河捞猪。下一次再装猪的时候，这个猪贩子学乖了，一上船，买了猪蹄膀炖起，还放了很多白糖。说大家辛苦了，白糖炖蹄膀补身子。哪晓得蹄膀油水大，又腻又甜，吃了败口味，我们几天都不想吃饭。

乌江运盐都是上水，全靠扯船子拉纤。最远从涪陵到龚滩码头，约一百八十公里，要走一个月左右。途中，有的船老板偷偷把盐卖掉,篾包里装上沙石,这叫“腾空”。然后，船老板自己掌舵，过滩时，看准时机，尽往江中的石头上撞,直到船烂货沉,此为“放炮”。事后，船老板假装哭诉着向盐商报损。整个手段称“腾空放炮”。船老板怕走漏了风声，不让扯船子有丝毫察觉,因此,“放炮”的瞬间，扯船子来不及松开褡裢，会被纤藤拉入江中淹死，或撞石而亡。

1939 年 5 月的一天，侯老伯拉船到了羊角滩，天黑了，本来夜晚过滩不安全，伙计们拉了一天的船，也想睡觉了。但船上的管事从后面一只船上跑来说，老板非要把船扯上滩去。果不其然，出事了，船撞石而翻，十三个伙计被纤藤拖下水，恶浪把他们一个个吞掉。幸好，侯老伯一跟斗栽在江边一块大石头上，只是双脚受伤，保住了性命。第二天，他躺在船上，在脚伤的剧烈疼痛中，隐约听到管事在发牢骚：昨晚分到的钱少了。原来翻船是船老板搞的“腾空放炮”，可怜十三个扯船子白白送了命。

有一次，一个姓王的船老板，盗卖了装运到彭水的盐，被头篙（船工工种）暗中发现。只要王老板扳舵往石头上撞，他就在船头迅速用篙竿撑开。王老板心中鬼火直冒，也只能忍着。晚上，王老板想了个鬼点子，在放篙竿的架子上淋了一些桐油，想让头篙撑船时打滑。第二天，头篙没中招，用围腰包着篙竿照样撑船。拢彭水后，王老板交不出盐，盐商报官，被盐警抓了起来。

川江瞿塘峡里有一处名叫石板夹，由“赤板岬”谐音而来。岬，指水中突出的石嘴。过去有船主“腾空放炮”专门选在这里，撞船的瞬间，自己正好可以跳上石嘴获生。船主要搞“腾空放炮”,一般都和“地头蛇”合作，大多在江边码头的茶馆里商量细节。

重庆府巴县衙门档案里记载着一桩官司。清道光十一年（1831 年）八月，归州船主范开科，承运湖北商人李本忠的粮食四百石，从重庆至汉口,商定水脚钱（运费）四百四十串，一次领清。然后,范开科将货船交其胞弟押运，自己用水脚钱买了一条新船，又运李本忠的大米三百八十石去汉口。船已受载，正等时日开头。这时，李本忠得到消息，范开科胞弟押运的货船在西陵峡水平滩翻沉，人获生，船、货均损。李本忠觉到蹊跷，出事险滩已得到整治，范开科的货船又属归州船帮，对这一带水域十分熟悉，按说不应该出事。于是,他把范开科告到巴县衙门。巴县县令批示，查封范开科尚未开头的货船。经查验，船上所载粮食少了五石一斗，合一千六百多斤，折银二十余两。范开科盗卖粮食，也预备“腾空放炮”，不料被抓了现行。

云南铜矿丰富，开采冶炼后走川江水运，由朝廷和地方官员一同押运进京。清史资料记载，途中，有船主趁夜晚停船时，偷偷把铜块丢进江中。私下里，早和“地头蛇”商量好了，第二天等运铜官船走后，他们划小船去打捞，事后平分所得。有时偷盗的铜块多了，担心事情败露，船主故意凿破船底，漏水而沉。沉铜当由船主雇“水摸”打捞，除赚得一笔打捞费外，又故意留一些铜块在江底,等官方处理完事故后离去,便打捞自得。

民国后期,云阳县城有一家油脂商号“兴泰祥”，资本雄厚，直接和美商美孚石油公司做生意，在万县、武汉、上海设有分号。商号经理姓傅，是最大的股东。傅老板小时候死了老汉，随母改嫁，继父是个桡胡子，傅老板长大后跟着跑船。有一年，傅老板的船在宜昌装了一批棉纱入川，随船押运的货主途中不慎掉进江里淹死了。货主与货的情况一概不知，因为按行规不允许打听。这下子，一船的棉纱成为无主货，归了傅老板。当时棉纱在川内属贵重物资，傅老板变卖后开了“兴泰祥”。

这是《云阳县商业志》记录的真人真事，读来不算腾空放炮，更像是民间文学故事。不过类似的传说还真有一个。

清末，云阳耀灵有个油商号掌柜叫张世烈，有一天他在七曜山的盐道上赶路，没留神，一下子滑下道，幸好抓住路旁树枝，才没摔下崖。他爬上来，惊魂未定，瘫坐在路边，暗自想道：“好险呀！看来是老天爷不想我死，等有钱了，我一定整修好盐道，让挑二哥好走路。”当天夜里，一个白胡子老汉托梦给他：“老天爷要给你一些银两，你不要推脱，记住自己说的话，整修盐道。”张世烈猛然惊醒，再也无法入睡。本来准备第二天要去万县打听油价，干脆这时起身上路。

在万县水井湾码头，遇到楚帮一船主，船主打量了他一番后问：你是不是张世烈？张世烈回答：对呀。对方又说：你的一船棉纱到了，快点提驳，我们马上又装载了好回去。

张世烈心想，我哪有什么棉纱，可能是把同名同姓的人搞混了。正要解释，突然想到头晚的梦，便没推脱，跟着去接了货。张世烈卖掉棉纱，将所获银两全部用来整修了盐道。

挑二们给张世烈立了块功德碑，至今还在古盐道边。

黄草坡

道士冠夏秋水
大泡漩洶湧
道士冠
荷包山
王爷庙
神女庙

歪屁股

川江右岸支流乌江河道峡谷连绵，通航河段平均每公里一个滩，水急浪高，江里的木船船板厚达五厘米以上，是内河木船中少有的，不然经不起恶浪的拍打。这种船称厚板船，用柏木、红椿、枫香建造，材质坚硬，一般长二十米，宽四至六米，载重二十五吨左右，上水时最多装十九吨。

厚板船不仅船板厚，船头和船尾都翘得很高，这样船头才不至于往浪里钻，船尾的浪也打不进舱里。然而它的船尾比船头更翘，高达三米多，甚至四五米。最奇怪的是，船尾左高右低，向右偏斜，高差近两米，是一个歪船尾。1917 年，一个美国人在涪陵乌江口拍摄了一张歪船尾的厚板船照片，船正在行驶中，拍摄角度为船尾，看起极不对称、平衡，被今人误认为撞烂的木船而标注图说。

乌江的扯船子干脆喊厚板船为“歪屁股”。这算比较文明的称呼，土俗的叫法为“歪沟子”。“沟子”，屁股的粗俗之名，年岁大一点的四川人都懂。

因水流太急，歪屁股不用舵，船头设前艄，船尾设后艄和小艄代舵。小艄也叫横艄，辅助后艄控制航向。艄能随意出水、入水，可如桨一样划水。艄杆都长，回转臂力大，船转向快而灵活。根据水势和滩情，有时两艄，有时三艄一起，协力操控，才可保厚板船平安。后艄又称大艄，差不多与厚板船一样长，直径三四十厘米，用坚韧的红椿木或柏木做成，重量上千。乌江的老扯船子说，最重的大艄达一吨，安装时要二三十人拖上船去。后驾长扳大艄，站在比船顶梁架还高的艄凳上，离船舱板约四米。艄凳也叫“天花板”，长度与船宽一致，但很窄，只有二十来厘米宽。乌江航道多弯多峡，歪屁股不能使用风帆，上水全靠拉纤，下水用切条当桡推进。切条有十米长，相当于大号的桡片，前舱三只，后舱一只。

河流左岸和右岸按顺流方向确定，船的左右舷则以船头朝向区分，走船一般靠右行。乌江左岸航道水流没有右岸湍急，歪屁股走上水时，靠右行便是乌江左岸航道，船尾的左高舷因而可挡右岸激流。右舷虽低，却临左岸，水流缓得多。左高右低的歪屁股正好派上用场。船尾设艄时，左高舷坚固牢实，可安放上千斤的大艄，右舷低矮便于设小艄。

民国版的《涪陵志》记载：“水急滩险，舟用厚板，左偏其尾。掌舵立于船顶，以巨桨代舵，长几等于船。”1936年，黄炎培先生入川考察，见过歪屁股后，在诗中写道：“滩恶当门君莫进，黔船曲尾峡中行。”意为：乌江汇入川江口，有险滩，航行川江的船不能进入，有一种来自贵州的歪尾船，才能在乌江航行。黄先生诗后还有一段注释：乌江多滩，水急如瀑，故翘其尾，并作斜势，以避下滩时水泻入船，俗称“歪屁股”。

抗战期间，英国随军记者欧文路过乌江，看到歪屁股后非常惊奇，专门绘制结构图，在《泰晤士报》上做介绍。而对歪屁股兴趣更大的是日本人。20世纪30年代的一天，乌江龚滩来了一个日本学生，坐船到了贵州，船靠码头，他没急着上岸，而是把乘坐的歪屁股仔仔细细、里里外外地看了个遍，画在本子上才走。这个日本学生穿着一身黑衣服，一路上表情总是很严肃，很少说话，一直在船头画图。扯船子们看不懂，只觉得弯弯曲曲的，有点像河流。六十多年后，一个老扯船子还记得，日本学生当时是县上长官带来的，还给了五块大洋的辛苦费，在那时可不是一个小数目。

清代和民国时期，自贡盐经釜溪河外运，因滩险浪急，运盐船也是一种歪屁股。但不同的是，这种船不仅船尾偏斜，连船头也是歪的，而歪斜方向相反，船头偏向左侧，船尾向右歪，像是被扭拧了一下。因此当地人又喊“歪脑壳船”，又叫“歪屁股船”，通常情况下称“歪脑壳船”的人多些。它比乌江歪屁股船小一点，长十四米，最宽只有两米多，船尾也拖着一条长艄，达十六米，比船本身还长。釜溪河的人称“艄”为“橹”，因此其学名为“橹船”。橹船头尾歪斜，除了抵抗滩浪外，还能避免因釜溪河航道狭窄，上下船只船头相撞而“卡船”阻塞航道。

贵州赤水河上有一种“大牯牛”船，结构坚实，船舷高，与乌江歪屁股一样，船尾侧歪，不用风帆，没有舵，船头船尾架艄，后驾长也站在艄凳上扳艄，他们喊蹲板。不同之处是，“大牯牛”船底为夹板（双层）。清代黔中文化人郑珍《牯牛船歌》云：“猿猴滩西凶滩多，船非牯牛不敢过。”

乌江歪屁股建造起来耗料多，船体笨重，载重量又小，上水拉纤费力费时，还必须换棕。一般八只歪屁股一起走船，上滩时，所有船的扯船子合在一起，轮流把歪屁股一条条拉上滩。此为换棕。后驾长扳大艄，站在高高单悬的天花板上操控，只有艄把可掌握，水急浪高，一路颠簸，重心不稳，稍不慎就被摔进江里，险情常在。随着乌江航道的不断治理和机动船运输的发展，歪屁股逐渐被淘汰、改造，因用材多，一部分卖到了川外缺少木材的长江中下游。

20 世纪 60 年代中期，我国一个船舶考察团出访，在英国一家博物馆里看到歪屁股照片，第一次知道了这种船型，很震惊，回国后便着手寻找歪屁股实物。后因种种原因耽误，最终成为遗憾，不然定会留下珍贵的歪屁股原物和更多的资料图片。

1964 年，涪陵乌江上最后一只歪屁股被拆解，连同它的过往一起消失了。

夔州府志小
磨當夏秋水
大列為三等
險灘
重岩叠障巫峡
亂泥湖
小磨
私鹽溪

杪木濃南漕水
可挽泊下水船
南漕水解
南漕川江地名
夏初秋未江水不大
不小淹及南漕舟人
因以為名
青岩子
杪木濼

龙船儿

以前端午节划龙船儿比赛，是川江上最热闹的事。

龙船儿由龙头、龙尾和船体三部分组成，要请专门的掌墨师打造。在看好的黄道吉日和时辰，掌墨师左手提着一只雄壮的大公鸡，右手拿着锋利的菜刀，往鸡脖子上轻轻一拉，血涌了出来，第一滴血必须滴在龙船儿定位的第一块底板上。这时公鸡还没断气，一个劲儿乱弹，掌墨师奋力一挥，抛向空中，看它挣扎着能飞多远。飞得越远，这条龙船儿今年赢的可能性越大。

造龙船儿的主筋木料最好是去偷，偷别人船上的桅杆。此意为偷儿偷了东西跑得快，偷来的木料做龙船儿别人追不上。晚上，先请来掌墨师，再去偷桅杆。偷回来，掌墨师马上弹上墨线。失主找来，一看有墨线，明知是自己的，也只好忍痛，不言而去。如果没弹墨线，失主是可以要回去的。更有趣的是，偷回来的桅杆有多长，龙船儿必须造多长。如果把桅杆锯了一截，除非失主不知道，否则找上门来，一定会要求赔偿损失。

往年的龙船儿可以抬出来再用，不过放了一年，船体有了裂缝，需要修补。从南竹上刮下竹瓤，也可用野生的葛根，舂茸后调上石粉、桐油，做成“油灰”。用小铲刀灌进裂缝里，再嵌扎麻丝填实，又灌油灰。反复几次，船体内外裂缝都按这种方法补好。最后，龙船儿全身用石块打磨一遍，涂抹一层桐油，焕然一新。

龙船儿多用松木建造，古话说“水泡万年松”。有些地方上一年划完龙船儿，把它埋藏在河岸泥土里，含水，又与空气隔绝，不易腐朽。农历四月初八是民间浴佛节，多在这天清晨把龙船儿挖出来，称“起龙”。

过去川江有些地方贫穷，没钱打造专门的龙船儿，选用木划子或木渡船代替。在船头仰放一条板凳，用树枝在凳脚上扎一个龙头，便成了龙船儿，桡手们照样快乐。

农历四月二十八，是龙船儿下水的黄道吉日，要先去庙里请龙头。龙头称“请”，而不叫“抬”，是一种敬重。每年端午划龙船儿结束后，要把龙头、龙尾送到龙王庙供奉，第二年端午节再请。龙头用整块木料雕刻而成，最好的用料是桧柏，木质细腻，耐腐蚀，散发着芳香。两名未婚男子把雕龙头的木料送到一个专门的房子里，除了雕匠，其他人一概不能进入。雕刻前，雕匠须洗澡后换上干净衣服。雕刻期间，每顿吃素，不得与佑客同房。

敲锣打鼓从龙王庙请来的龙头龙尾，不能直接安上龙船儿，要送到码头临时搭建的龙棚龙架上，由道士做法场，为龙头“开光”。然后由帮会会首领着桡手，每人敬一炷香后，再小心翼翼请出。安上龙头龙尾后，点响一挂鞭炮，称之“醒龙”。这时，有人扯来一把青草，喂进龙嘴里，让它吃饱，跑得快。这叫“抢青”。仪式做完，一二十个桡手抬起龙船儿，一步一步涉入江中，水淹过了膝盖，才慢慢放下，先是船头，再是船尾。

龙船儿下水后，划着去拜码头。每到一处，领头的人要倒立在船头，表明诚心诚意。被拜的码头帮会早已得到消息，安排专人在岸边点放鞭炮迎接。龙船儿在江面划三圈后靠岸，桡手们下船抽烟喝茶。两家码头关系比较亲密的，还有酒肉恭候。龙船儿拜完码头离开，主人送行时，为龙头披上七尺红绸，再送桡手每人一根三尺红绸头做腰带。龙船儿回到本码头，也放鞭炮迎接，同样划三圈后靠岸，抬下龙头和龙尾，送进临时龙棚供奉，第二天再请，不能留在龙船儿上过夜。

夜里有专人轮班照看龙棚，提防其他帮会偷去龙头和龙尾，参加不成比赛不说，还让人笑话，受人洗刷（奚落）。

川江举办划龙船儿比赛，由各码头帮和船帮操办。有帮会单独参赛的，也有两三个帮会联合参赛的，按各自主营业务取名，炭码头称乌龙，米帮为黄头，酒帮叫白龙……龙头、帮旗、服装也做成乌、黄、白的颜色。当年重庆城洪崖洞镇江寺下面有个纸码头帮，因纸遇水必烂，不可能取名“纸龙”，便联合旁边码头的盐帮，盐也怕水，就按地名镇江寺取了个威风的名字：镇江龙，船身涂为黄色。峡江秭归县归州镇参加当地划龙船儿比赛，每次都是白龙，他们称孝龙。归州是屈原的故乡，他们为屈大夫戴孝。

每年农历三至四月，参加划龙船儿比赛的帮会，要在自己的码头公开竖起帮旗才算数。比赛要造龙船儿、办服装、管桡手吃喝等，一系列开支太大，行内有一句俗话：“玩得起一条灯，划不起一条船。”意思是划龙船儿比元宵节办龙灯会的开销大得多。每年农历四月间，参赛帮会都派人举着会旗、拿起账本，在本帮地盘上找商户、店主募捐。有钱出钱，有物出物，米行资米，肉店捐肉。只要找上门，都不会拒绝，多少都有所表示。

因此，有的帮会不一定每年都参赛。有一年端午节，重庆城嘉陵江贺家码头帮不打算竖旗，可帮里有个绰号“大鸡罩”的人神兮儿（调皮），邀约几个兄弟伙，趁会首不在家，从他老婆那里骗来帮旗，买上鞭炮一放，大张旗鼓地竖在码头上。会首回来后气得直跺脚，但竖了帮旗不能丢面子，只好吃哑巴亏，立即发请柬宴请本码头的商绅，筹集参赛经费。为了解气，会首执行帮规，拿竹篾片狠狠抽打了“大鸡罩”的屁股。

有一次，嘉陵江水府宫码头帮想歇一年，不打算参赛。南岸停外国船的洋码头玄坛庙青龙，天天划着龙船儿来水府宫码头江面挑逗、炫耀，招惹得水府宫码头帮终于沉不住气，在端午节前五天竖起了帮旗。

重庆城太平门码头历来水运繁忙，川东道、重庆府和巴县的各个衙门均设在这一带，商号、钱庄、酒肆、花楼也多，都愿捐助划龙船比赛，太平门码头帮会首为显示本帮实力，年年竖旗，其他帮会送了一个“顿旗会首”的绰号给他。

农历五月初五正式比赛划龙船儿，或选

择对岸赛，或划逆水赛，看哪条“龙”先游到终点，夺得标旗。这才是端午节的高潮，江河两岸早早站满了大人细娃儿，一些生意人趁机摆上摊点，做生意看热闹两不误。最带劲儿的是有钱人家，一家或几家出钱，包租一只装饰漂亮的游船，携家人或亲朋好友坐在船上，追着龙船儿观赏。坐在游船上的有钱人为了取乐，比赛没开始时，不时抛出几只活鸭，让桡手去抢夺。技艺高超的桡手，抢到鸭子后，一手一只高举在空中，竟从水里站立起来，这叫踩水，双脚不停地在水里上下运动，保持身体平衡。

“宁荒一年田，不输一年船。”这是龙船儿桡手们的一句俗话。民国中期的一年，川江末段宜昌举办划龙船儿比赛，十里红鸭蛋青龙在初赛时划输了，有个姓龚的桡手头气得把桡片一摔，回了家。桡手们决心正式比赛时赢回来，结果仍然输了。那个龚姓桡手头在家听到消息后，呕得卧床不起，三天后竟郁闷而亡。川江有些地方龙船儿比赛结束，“吆鸭子”（放鸭人在鸭群后面撵，意为落后）的龙船要被拆了重做，或者改船头、修船尾。

聪明的桡手在比赛前，会把白芨的茎捶出浆，合着生猪油一起，涂抹在船舷和船底上，这样船的表面非常光滑，在水中阻力减小，船速会增快。夜里，龙船儿都有人照守，防止别的帮会派人悄悄潜入水中，往船底钉船钉，影响船速。

开赛时，龙船儿的鼓手领着桡手们点香烧纸祭祀，口中念道：“众清弟子，造下飞龙一只，三代公祖，老少亡人，一起请上神船。见船会船，见船赢船。”

“轰轰轰”连续三声号令火炮震天响，“咚、咚、咚……”急促的鼓点声中，一条条五彩缤纷的龙船儿，“嘿唷、嘿唷”地贴着水面向前蹿。这时的鼓点很重要：慢了，整条龙船儿的速度便慢了；快了，桡手跟不上节奏，达不到一齐发力的效果。鼓手一边打鼓，一边喊号子：“五月五日是端阳，龙船儿下河闹长江……”为了不哑喉咙，鼓足劲儿，事先鼓手都吃了洋参。

江面的龙船儿开始都保持间距，途中为争道，少不了互相碰撞，眼看着桡手又挥起桡片干水仗，偏过船头逼旁边的龙船儿，不让上前……桡手们平时干的是力气活，这时都不守规矩，相互捣乱，要的是这种尽情尽兴的欢畅。有一年划龙船儿比赛，重庆城东水门码头的“黄辣丁”和太平门码头的“老白龙”干水仗，抓扯了起来，双方谎称各自被打死了十多个人，死者说得有名有姓，还做了灵牌供在龙棚里。实际上双方都没死人，弄起热闹些。后来其他帮会出面调解，双方才言和。

抗战胜利后的第一个端午节，重庆城两江四岸共四十八个码头帮全部竖旗，举行了规模最大的一次划龙船儿比赛。各帮会都想夺冠。南岸玄坛庙的青龙会首冷静地分析，这次是嘉陵江逆水赛，龙船儿都会争着走水势缓的左航道，肯定打拥堂（拥堵）。右航道水势虽然急一些，走的龙船儿会少。比赛那天果不其然，龙船儿都争走左航道，相互不让，还撞沉了几只。青龙从右岸迎激流而上，先佯装很吃力，接着增加速度，然后全力以赴冲刺终点，等其他龙船儿明白时，青龙已顺利夺冠。

川江的划龙船儿比赛，只有端午节这一天，但划来划去却要划上半个月，其实划的不是龙船儿，划的是一种快乐。

巫山十二峯曰望霞曰松巒曰朝雲曰翠屏曰集仙曰聚鶴曰淨坛曰起雲曰上昇曰飛鳳曰登龍曰聖泉舟中可見者九內隱三峯隔山之表深崟難探
大磨灘當夏秋水大泡漩洶湧夔州府志列為一等險灘
聚鶴峯
望霞峯
松巒峯
集仙峯
飛鳳峯古陽台山
翠屏峯
朝雲峯
無梁子
大磨

夔州府志庫套子險灘也當夏秋水漲上則懸岩峭壁下則急浪驚濤行舟須當小心
瞞籌夏秋水大謹防泡漩
三峽水上水船謹防宴風
起雲峯
庫套子
三峽水

递 漂

1938 年 8 月的一天，忠县来了一位新县长，名余旭，四川邻水人。余县长从重庆乘船，东下忠县赴任。

码头上没有趸船，轮船停泊江心，再由小木船接着把旅客送上岸。余县长从轮船船舷跨向小木船时，突然掉入空隙的江中，一下子没了踪影，连施救的可能性都没有。这时，岸上欢迎新县长的仪式早已就绪，看到轮船到港后，放响了鞭炮。突如其来的事故，让县长的随行人员不知所措。县长秘书是个读书人，头脑好使，当即决定：充当县长，先应付局面。

事已至此，县长夫人只好点头同意。几个月后，有人举报县长是假冒的，假县长被查处，关了起来。县长夫人带着孩子离开忠县，回原籍去了。

据说，忠县籍著名作家、革命家马识途先生，20 世纪 40 年代初创作的小说《盗官记》，素材就取自这个故事。根据《盗官记》改编的电影《让子弹飞》上映后，“假冒县长”的故事一夜之间家喻户晓。有地方史研究者认为，余县长淹死后没被人假冒，马老的小说另有其人。

川江开始行驶轮船后的近二十年时间里，沿岸所有码头都没有趸船，轮船到港后都选择深水沱抛锚停泊。等候在岸边的小木船划上去，把客和货从轮船上接下来，转到岸边。岸上的客与货，也由这些小木船送上江中的轮船。小木船俗称小划子，载重少，灵活轻便，在江面上漂来漂去，一趟趟来回接送客货，被形象地称为“递漂”。

1930 年 6 月 10 日 12 点 15 分，一架小飞机降落在万县城下的聚鱼沱江面，它的机身下装有两只大浮筒。这是美制洛宁(Loening)水陆两用飞机“万县”号，准载六人，上面有五位乘客：中国航空公司副董事长班德，航空组副组长聂开一和工程师曾桐，飞行员安烈生、万福。他们早上 7 点从武汉起飞，要进行一次考察飞行，中国航空公司拟开辟汉渝航班。一只木划子划到小飞机跟前，把班德等三人接上岸，留下飞行员照看飞机。这种递漂又像机场的“摆渡车”。汉渝航班正式开通后，重庆城菜园坝和千厮门江面常起降水陆两用飞机，旅客和货物都通过“递漂”上下飞机。

递漂养活了一大批码头工人，他们收费不分枯、洪水位和昼夜，按只、次计算。1930 年前后，从重庆南岸龙门浩至江北嘴，或至嘉陵码头、朝天门，每只小划子每次收费八十文；从南岸玄坛庙至渝中东水门七十文，至渝中太平门一百文，往返如此。一人乘坐一人负担，多人乘坐平均分担。1935 年后改为银币，价格分别为八角、七角和一元。

递漂工人都有自己的帮会组织，地盘也有严格的分界。重庆城港区分龙门浩、朝天门、嘉陵江码头帮，万县城分南岸、北岸帮，云阳的码头按货物和地盘分了十二个大棚，每个大棚为一个帮。递漂工种也有区分，提装工人只能转运船上货物，力夫则负责搬运旅客行李，相互之间不能抢揽业务。但帮会之间、递漂工人之间，仍然经常发生争抢业务和地盘的事件。1930 年，万县港有一艘轮船因停在江心，分不清地盘，北岸正轮子帮会与南岸提装队发生冲突，把官司打到了县衙。后经裁决，南岸提装队负责装货，北岸正轮子帮会负责卸货，这才平息了事端。重庆城朝天门与嘉陵江两个码头相距很近，这里江面宽阔，轮船停泊时不好区分地盘，两个帮会也经常为争夺业务大打出手。

1929年7月，川江航务管理处发布通告：外国轮船进出重庆港，必须向川江航务管理处结关，经护航队检查后，方能上下旅客和装卸货物。

8月初的一天，日本云阳丸轮驶进重庆港，停泊在朝天门江心。川江航务管理处护航队士兵上船检查，遭到阻拦，船上的日本人还举枪瞄准检查的官兵，随时准备射击。护航队官兵为避免发生冲突，撤离了云阳丸轮。接着，码头上的递漂工人也都不上云阳丸轮去。事先，川江航务管理处处长卢作孚和他们商定，对不接受检查的外国商轮，不去装卸货物，也不给他们送食品。工人们损失的工钱，他负责双倍补偿。

素称“火炉”的重庆，8月烈日炎炎，云阳丸轮在江面停了四天，货物不能装卸，食品又短缺。船上的日本人慌了，连忙给领事馆发电，要求向当地官方施压。然后，又派人秘密联系递漂工人，许诺用重金卸货和补给食品。结果都失败了。没办法，趾高气扬的日本船长只好低下头来，接受川江航务管理处官兵的检查。

1928年的时候，民生实业公司就开始尝试，设置一种轮船停靠码头的安全设施。他们从加利汽船公司买回一只平底矩形驳船，拴锚在嘉陵江千厮门码头，驳船与江岸之间搭设跳板。公司的轮船进港后，停靠在驳船旁边，两船之间没有了空隙，旅客和货物上岸、上船都安全方便了。这种停靠轮船的设施称为“趸船”。1929年，民生实业公司在涪陵龙王沱租地设码头，购买了一只木船作为趸船，停靠本公司渝涪航线的轮船，川江上也有了第一只趸船。

那个因递漂淹死县长的忠县码头，在事发后的第二年，设置了一只木质趸船。但不知何故，没有多久就被撤除了，仍然实行递漂。也许是递漂工人担心趸船抢了“饭碗”，阻挠设置。抗战期间，民生实业公司准备在云阳码头设置趸船，就遭到过递漂工人的抵抗，他们曾集结几十人上街游行。

直到1956年，忠县码头才重新设置了一只木质趸船。此时，川江码头的趸船已经普及，全面取代了递漂。

霸王鋤當夏秋水漲濆漩洶湧但不常發尚易趨避夔州府志列為二等險灘
老鼠處當夏秋水漲濆漩交作行舟務宜防備
銀甲
金盔
霸王鋤
老鼠處

小火轮（机动船）

很早以前，川江上白帆点点，拉纤的号子声在江岸久久回荡。偶尔有一艘轮船开过，甲板上立着一只醒目的细长烟囱，加大马力时浓烟滚滚。这种轮船俗称“小火轮”——船体较小，大多只有一层船舱，动力来自蒸汽机，要用锅炉燃烧大量的煤炭。

一百多前年，英国商人立德在川江上驾驶的第一艘轮船“利川”号，是一艘木壳的小火轮。为有足够的燃煤走完全程，轮船拖了一只木驳船随行，装满优质的煤备用。这些煤从日本进口，发热量大，船速快。川江航道激流滩险，“利川”号轮必须大马力航行，在半道上就用完了备用煤，改用川江当地燃煤，船速一下子慢了许多。

过去川江沿岸乡民喊轮船为洋船。忠县上游约二十公里的地方有一乡野码头，20 世纪 30 年代，民生公司在这里设了一个加煤站，常有洋船停靠加煤，这里逐渐形成场镇，被称为洋渡镇。小火轮途中可补充燃料，启程时就少装备用煤，多装客货。在川江沿岸的涪陵、忠县、云阳境内，民生公司建有多处加煤站。

万县海关开关后，当地一些有钱有势的人创办岷江轮船公司，在上海建造了两艘小火轮。接船回万县时，因构造不符川江航行要求，在宜昌被海关理船厅扣留，责令整改。为增加稳定性，两只小火轮被拆去船舱，各做了一个帆布天棚替代，烟囱也被截短近两米。整改后被放行上驶，才行几公里，其中一艘小火轮的螺旋桨竟然掉落了一只，坠入江中无法打捞，又折返修理。两艘小火轮抵达万县后，分别行驶至重庆和至宜昌航线，业务十分兴旺。不料三年后，一艘在涪陵蔺市搁浅，一艘在云阳庙基子滩触礁，岷江轮船公司随即瓦解。

抗战前，曾有一艘小火轮从重庆返程江津，航行中突然机器失灵，轮机手当即进行抢修。忙乱中不慎将机油倾倒在舱面上，油四处乱流，很快流到锅炉边，被炭灰引燃。船上没有灭火器材，扑救方法也不得当，眼睁睁地看着这艘小火轮被烧毁。船家损失惨重，没多久便破产了。

那个时候川江上的轮船公司大多资本薄弱，只有一两艘小火轮，承受不起损失。

后来川江上打造的铁壳小火轮船体增大了一两倍，有两三层船舱，甲板上有时立着两只高烟囱，算是真正的轮船了，但动力还是烧煤炭的蒸汽锅炉，仍惯称小火轮。

小火轮的蒸汽锅炉也烧木炭，成本比煤炭低。20 世纪 40 年代，重庆城一家轮渡公司为节约成本，全部小火轮渡船烧木炭，木炭没煤炭易燃烧，机舱又狭窄，轮机手时常煤气中毒。

小时候，我家在云阳县城东边一个叫小河口的地方，周围住了很多年老的木船桡胡子和轮船船员。时常听他们摆龙门阵，说小火轮的锅炉设在最底层船舱，燃煤从最上层甲板上一个水桶粗的孔道滑下来。舱里没有窗，不透光，通风性也非常不好，灰尘直往鼻孔和嘴巴里钻，酷暑天的高温更是难熬。锅炉生火工常年孤独地困在锅炉房，烈酒是唯一的陪伴，他们往往病痛缠身，岁数不大就夭亡了。邻居小伙伴四平的爷爷，早年就在小火轮上当生火工，年岁算是活得长的，超过了六十岁，但终年躺在床上，一天到晚都咳咳吐吐的。

四平告诉我，有一年，爷爷当生火工的小火轮在巫峡里突然沉没，所有船员都没来得及逃生，喂了鱼虾，唯独爷爷一个人活了命。他从滑煤的孔道钻出来，浮出水面后得了救。从此，爷爷上岸找活路做了。

有一年冬天，一个衣着单薄的云阳籍学生兵，在重庆登上一艘出川小火轮。途中，他发现顶层甲板上的锅炉烟囱虽然浓烟滚滚，还不时飘落下一些煤粉尘，然而它周围十分暖和。以后的几天里，不管白天夜晚，学生兵一直蹲守在烟囱旁。小火轮经过云阳时，他想这一走什么时候能回来？同时又自我安慰：既然可以出去，当然也能回来。学生兵是我幺爷爷，去了台湾，可回来的时间用得太长了。四十年后，幺爷爷才坐着有几层楼高的江渝号客轮回家。望着再没有滚滚浓烟的烟囱，他给我摆了这个龙门阵，说：很长一段时间里，我鼻孔里流的都是黑鼻涕。

20 世纪 40 年代，川江上有了一种使用内燃机的轮船，它们是从下江（长江下游）开进川江的，用柴油或汽油做燃料，不再烧煤炭或木炭，名叫“机动船”。川江上一些航运公司也跟着试制机动船，没有船用内燃机，便将报废汽车上的发动机，直接安在木船上。发动机牙箱是汽车上的，轮机手由汽车驾驶员担任。1953 年，重庆市自制了十艘轮渡船，船壳为木质，在白沙沱组织水木匠建造，所用柴油发动机是报废公交汽车上的，全是进口货，有大道奇、大依伐、雪佛兰等著名品牌。

川江上内燃机机动船普及后，船体主要为钢质，有两三层甲板和船舱，能装两三百人，直到 20 世纪末，一直是沿岸城镇之间短途航线的主打船。它停靠码头和站点多，成为川江人重要的出行交通工具。

20 世纪 80 年代，我有一个文友在乡村小学教书，有个学期的星期六下午没课，他每次走十多里山路到江边，然后坐中途停靠的机动船回县城，有时连家门都不进，直奔我来。我们一边摆文学和女人的龙门阵，一边喝廉价的老白干。困了，经常不洗脚，挤在我的单人床上睡觉。第二天早晨五点，文友又坐着机动船回学校去。

文友后来调回县城做了公务员，但每周星期六的傍晚，都要去码头接机动船。旅客一个紧挨一个从船舱走出，暮色下都是肩背手提大包小包，又那么远，文友一眼都会认出那个清秀的女孩——在原来乡村小学交的女友。偶尔两三次，趸船跳板上一个人影都没有了，也没见到那个熟悉的身影。文友不死心，一直等打扫完船舱的服务员都下了船，才一个人没精打采地往回走。

川江上时不时还可以看到建造精良的机动船行驶，用于顺江渡、轮渡和清漂等，但码头上没有了文友的身影，因为我们都已青春不在。

鼈望沱當夏
秋水大江深溜急
漩漩盤旋大至十
餘丈實屬洶湧
行舟最難趨避
夔州府志列為
等險灘
唐韋莊神女
廟詩亂猿啼
處訪高唐路
入煙霞草木
香山色未能
忘宋玉水聲
猶似哭襄王
朝朝暮暮陽
台下為雲為
雨楚國亡惆
悵廟前無限
柳春來空鬥
畫眉長
神女廟
鼈望沱

作油沱夏秋水大
上水船可過河行
北岸開船須要小
心切毋大意

江上风清

川江走船，逆流为上水，顺江叫下水；川江上吹风，也跟着喊打上风、打下风。

东汉时期，木船已开始利用风帆助航。那时候棉布还没有出现，一般用麻布或篾席做帆。杜甫寓居夔州时有诗描述：“起樯必椎牛，挂席集众功。”大意是，船扬帆开头时，必须杀牛祭拜。“挂席”指的就是“篾席帆”。

唐代，川江木船的桅杆顶端装有一种可随风转动的木鸟，嘴衔长布条，桡胡子可观察风向，名“伺风鸟”。明清后，布帆开始在川江普及起来。因“帆”与“翻”同音，是走船的忌讳字眼，桡胡子都不称“帆”，叫“布条”。布条用多幅白布拼缝成一张大布幕，每隔一米左右横绑一根竹竿做骨架，既能承受强劲的风力，又便于在桅杆上升降。

每次走船，桡胡子们都盼望顺风好扬帆，因此开头前要烧纸上香，祭拜各路神灵。云阳木船帮有个约定俗成的行规，每年农历正月初一这天，放着鞭炮驾着船，在县城对岸“江上风清”四个大字下的江面划上三圈，祈求来年一帆风顺。

“江上风清”四个字，从右至左镶嵌在张飞庙结义楼临江的石壁上，每个字两米见方，上、下水相隔几里都可远眺到。不过，上水时看到的是“清风上江”，好在字义都差不多。张飞庙为纪念三国名将张飞而建，云阳人看重他的耿直性格，历来尊称其为“张王菩萨”。又因其早年当过屠夫，张飞庙为当地屠宰业祭祖之地。川江水运称雄时期，“江上风清”在整个长江上都相当有名气，人们往往记住了这几个字，而忽略了张飞庙。

川江桡胡子为何在屠宰业祖师爷庙前敬拜？“江上风清”几个字又何来？

据说康熙年间，吏部尚书张鹏翮回四川老家蓬溪祭祖，乘船沿江而上，途经云阳县城时，随从提议，去南岸的庙里祭拜“张王菩萨”。张大人以“相不拜将”为由拒拜。

这天江上打上风，正好顺风上行。可船一过张飞庙，突然刮起了下风，逆流又迎风，一天才走三十里，天黑时到了一个前不挨村、后不着店，名叫三坝溪的地方，只好停船夜宿。第二天早晨大家醒来，惊讶地发现，船竟然鬼使神差地倒退了三十里，停在了张飞庙下的铜锣渡口。张大人认为是船没拴牢，夜里顺流倒退了，便启程上行。又遇下风，行三十里后仍夜宿三坝溪，次日晨，船再次退到了铜锣渡口。张大人不信邪，又上行，还是逆流迎风……天亮后，船第三次停在了张飞庙下。

张大人顿时大惊，事不过三，连忙登岸向张飞谢“罪”。

拜完“张王菩萨”返船时，江上突然吹起一阵清风，正是上风，立即扬帆，一会儿就到了三十里外的三坝溪。张大人诗曰：“铜锣古渡蜀江东，多谢先生赐顺风。”

源于这个传说，光绪末年，曾做过国子监学正的云阳籍书法家彭聚星回乡养病时，题写了“江上风清”四个遒劲的大字，刻于临江石壁上。

一直以来，云阳民间流传的故事和新编的《云阳县志》中记载的“相不拜将”的传说中，都把张鹏翮当作了一个贪官，其实这与史实不符。

张鹏翮一生历任刑部主事、刑部员外郎、州知府、盐运使、巡抚、兵部右侍郎、提督江南学政、刑部尚书、两江总督、河道总督、户部尚书、乡试正考官、吏部尚书、会试正考官和文华殿大学士等，几乎担任过清朝从建立到鼎盛时期内政与外交的各种重要职务。但他病逝时，家产只有竹楼数间，无余钱办丧事，幸得雍正帝赐银千两，家人才得以治丧。康熙帝对其评价是“天下廉吏，无出其右者”。雍正帝评价更高：“张鹏翮志行修洁，风度端凝。流芬竹帛，卓然一代之完人。”

张鹏翮著有《治河全书》《河防志》《奉使俄罗斯日记》等文集。其中《治河全书》是研究清代治河工程的重要史料，《中国水利史》评价：“不仅于国济民生贡献巨大，而且就其科学水平也居于当时世界水利工程最先进的行列。”

明明一个廉吏，为何在云阳人的口中和书中却成了一个贪官呢？

望夫石如人形夔州府志
昔有婦人夫宦於蜀登
山望夫因化為石故名
女觀山
巫山縣城
紅沙磧

塹望沱當夏
秋水大江深溜急
漩灘盤旋大至十
餘丈實屬洶湧
行舟最難趨避
夔州府志列為
等險灘
唐韋莊神女
廟詩亂猿啼
處訪高唐路
入烟霞草木
香山色未能
忘宋玉水聲
猶似哭襄王
朝朝暮暮陽
台下為雲為
雨楚國亡惆
悵廟前無限
柳春來空門
畫眉長
神女廟
塹望沱
梅花石

扎　雾

二十二岁那年，我在徐州笔会上认识了一个枣庄女孩。现在能记起她是个圆脸，围着一条厚实的雪白围巾。有一天收到她来信，说某天出差到万县，约定中午十二点前我们在港务局候船室门口见面。我又意外又激动，盼望这一天早点到来。

终于等来了这个日子，我请了假，买好船票。从我们云阳到万县是六十公里上水，坐四个多小时轮船。但头天晚上要上船，因冬季水枯，轮船在半途的巴阳峡下游停泊到天亮，等万县港的下水船出峡了再上行，大约第二天早晨八九点钟到港。巴阳峡像一个狭窄的石壁巷子，是八公里多的单行航道。

万万没想到的是，夜里江面起浓雾，天亮了也看不清航道，上下水轮船都得停航，等候雾散。川江人称之“扎雾”。我在无奈和焦急中等待，祈祷雾散船开。直到早上十点钟雾才完全散开，一艘艘下水船陆陆续续出峡，又待一艘艘上水船前前后后进峡了，才轮到我们的船。到万县港后等泊位，我们又在江心停了一段时间。原来我坐的是副班船，一切都靠后。

我气喘吁吁地爬上码头几百步石梯，到达候船室门口时，已是下午两点多钟。找遍候船室的旮旯角角，都没见到那张相识的圆脸。我希望在留言栏里见到她的只言片语。那时的车站码头旅馆都专门备有一块墙壁，方便旅客留言。我留意一行行粉笔字，翻看一张张纸条，都没有属于我的文字。霎时，鼻子一酸，眼圈有了热乎乎的感觉。我赶快深呼吸一下，才平静下来。

我给她写过几封信，解释迟到的原因，都被退了回来。奇怪的是，每封都贴着邮局“查无此人”的批条，最后一封多了三个字：已调走。我才死心。

扎雾本是川江上的常事，偏偏让我在重要的时刻赶上了。《重庆港史》中记载，清代时木船也扎雾。官府运铜船从重庆港出发，须等每日天明后，山露水气渐消，方可行船。1906 年，日本教师中野孤山受聘到成都补习堂任教，坐船上行时遇到扎雾。他说，浓雾覆盖，咫尺莫辨，云阳上游更常见。民国时，江上起雾，信号台用信号杆和炮声分别向行船通告能见距离。

1955 年 12 月的一天，一艘大型货轮人民 15 号从万县港下行。快到巴阳峡时，报务员收到前方一艘刚过峡的轮船的电报：巴阳峡有雾气，请注意。船长想，这是下水，船速快，巴阳峡只有几公里，可以赶在“下罩”前通过。于是发出全速命令：前进三！

刚进峡，大雾“下罩”，船头不见船尾。船长首先想到的是扎雾，但必须掉头过来才能泊船，因是下水，水流湍急。可巴阳峡河道狭窄，根本掉不过来头。轮船顺流而下，像一个喝多了的醉汉，在石壁巷子似的峡里左碰右撞。突然，船身重重地一震，触礁了。接着，机舱向驾驶台发来“进水”信号……人民 15 号轮很快沉没，三名船员、七位旅客遇难。报务员在二层甲板进水时仍坚持拍发呼救电码，不幸殉职。

枯水期，我坐短途小客班船经过巴阳峡时，看见岸边岩石上有一行文字，铭刻着这次事故。听船上的人说，江水最枯的时候，可隐约看见沉船烟囱。但我没看到过，倒是望着那深不见底的碧蓝江水，心颤而恐惧。

恐惧之后有一种淡淡的酸涩，我没有了那个圆脸、围着厚实雪白围巾的女孩的任何消息。

陽臺山面枕大江宋玉賦朝朝暮暮陽臺之下杜甫詩神仙峰娟妙即此處也
高唐觀
陽台山

下馬灘當春冬水枯時江中亂石縱橫漬漩洶湧水勢尚駿夔州府志列為三等險灘
下馬灘

扎　水

川江行船，不论木船轮船，过去民间都有“四不”行规：水大不走，水小不走，天气不好不走，夜晚不走。因此才会出现各种避险方法。

永川松溉镇下游有个大矶脑滩，滩水暴涨时，上下水轮船都得停航。1940 年 7 月，因水大，八只轮船在这里停泊了十多天。这为避险之“扎水”。大矶脑滩因此成为上川江洪水滩王。

瞿塘峡夔门前曾有一巨大礁石名滟滪堆，自古汛期被淹后，远看像一只鳖那么大时，夔州府都会派河差监管，不准船家冒险航行，必须扎水。唐朝乾宁年间，一个叫李峣的朝廷命官去荆州赴任，沿江而下途经此地，正遇江水暴涨。夔州太守刘昌美留他待江水退了再走。李峣因赴任有时间规定，不敢停留，执意要走。夔府大小官员到码头给他送行。

李峣的船刚离岸不远，突然遇到一个巨大的旋涡，被卷入其中，瞬间沉没。站在岸边送行的官员都还没离去，眼睁睁地看着李峣一家及全船一百二十人遇难，震惊而惋惜。第二天，有人在岸边发现一位生还者，是一老年妇女，为李家的奶妈。她奇迹般地被江水冲上了岸。

说是三百七十多年前，张献忠入川，攻陷夔州城后，带领兵马乘船一路上行，至万州，遇川江春汛扎水，时间长达三个月。四川盆地老百姓由此晚遭殃一段时间。

1926 年 6 月初，后来闻名于川江的民生公司刚成立不久，经理卢作孚从重庆出发，高高兴兴去宜昌接第一艘轮船“民生”号。等到下旬，民生轮才从上海抵达宜昌。这个时候江水大涨，宜昌海关理船厅“因船太小”，不放行。民生轮在宜昌扎水一个多月。

卢作孚非常着急，造船的钱是借的合川县教育经费，公司股东说要见到船才肯缴纳股金。水稍退了一点后，卢作孚征求引水（引船员）的意见。引水明白他的心思，顺着他意思说：船可以开头。如途中再遇到水涨，随时可扎水。民生轮通过秭归著名的洪水滩泄滩时，滩水比船高，引水指挥轮船借回水之力冲上去。眼看只有一二米的距离了，突然船舵失灵，引水惊慌得没有了办法。卢作孚于慌急中直奔机舱，令轮机员赶快开倒车。这时船又幸遇一泡花水，进入激流，被冲至北岸岸边得救。全船人才松了口气。

川江各渡口都划有洪水线，水拢线了也扎水，不过大家习惯叫“封渡”。自古很多渡口在岩石上或专门立碑，刻上封渡文字警示与监督。江津笋河高云渡口曾挖出一块清乾隆时的石碑，上刻规章，其中一条为“不得大水强渡”。

但过去撑渡人和过渡人多抱侥幸心理，常冒险打渡过渡，出事非常多。民国九年（1920 年），开县东河秋汛涨水，老关嘴渡口渡船载客九十人，被冲翻沉，仅一婴儿幸运获生。婴儿坐着“木轿椅儿”随流漂浮被救。

云阳云安镇居民上万，集中居住在汤溪河两岸。1950 年 8 月的一天，义渡封渡，待渡的人多。有个桡胡子趁机打卖渡赚钱，结果船翻沉，死了五十人，桡胡子被判三年徒刑。1970 年 7 月 24 日，江津旸岩长江渡口洪水封渡。这是个副业船渡口，由当地农村生产大队管理，治保主任想挣工分，他本身又没有船员证，违章打渡，装载九人，包括自己在内八人死亡，其中有两名警察。

川江支流溪河的“齐头水”来去凶猛，有时扎水都难避险。1954 年 4 月 6 日，开县东河上游涨水，十一只运煤木船得到航管站通知，当晚停靠扎水。深夜，上游一只木船被齐头水打来，撞上最前面的一只扎水船，再一只撞一只，全被洪水冲走，仅三只得救。1963年5月24日晚，因下暴雨，东河上游又发齐头水，土龙洞至马家八公里河道上扎水的一百五十多只运煤船，被冲走一百一十多只。同时落水的二百多名桡胡子幸好习水性，绝大多数凫水上岸，只五人失踪。

乌江洪水期一般扎水时间相当久，有时长达一两个月。船老板没有收入，扯船子也没有身钱（工钱），乌江上的规矩是货老板要发扎水费，扯船子的生活才有了着落。

扎水没扎心。

三硯子灘兩岸石嘴岔
入江中春冬水枯江面
窄狹水勢湍急漬漩
泊湧行船趨避得宜
可保無虞夔州府志
列為三等險灘
龍寶灘當夏秋水漲漬漩泊
湧船落漩中艄舵不應每至
覆溺舟人須當防備
三硯子
龍寶灘
上南嘴

獨樹子灘南漕水急溜
泊湧行船須當小心
獨樹子

扎　沙

1961 年 9 月 15 日，临近正午，“江沪”号轮从上游驶入奉节港，拉响一长两短的汽笛后，慢慢调转 180 度，头朝上游，缓缓靠拢趸船。一行干部模样的人，登上了江沪轮。为首者是奉节县委书记侯荣卿，他们直奔驾驶层的一间贵宾舱室。

贵宾室里住着一位近七十岁的老人，身着白色绸衫，脚穿圆口布鞋，精神矍铄。他便是大文豪郭沫若，时任全国人大常委会副委员长、全国政协副主席和中国科学院院长。侯书记微笑着请郭老上岸休息，说城下约两公里的江中泥沙淤积，昨天又有一艘小火轮在那里触沙沉没，阻塞了航道，待疏通后，明天再启程。

这是郭老第二次乘船东出夔门，上一次是 1913 年 10 月，他才二十二岁，未曾上岸。这次他想上去看看，于是爽快地答应了。下午三时，郭老与夫人余立群及秘书、警卫员等一起登岸，住进县委招待室。

第二天早饭后，侯荣卿请郭老留下墨宝。郭老题写了四张屏幅，内容是头天晚上写好的诗《奉节阻砂纪事》，曰：“梅溪河水发，江中积砂堵。我乘江沪来，轮滞在夔府。须待砂堵消，方能事征徂……我正怀古中，船长来相语：‘县委书记候，邀君岸上住。舟停将逾日，砂阻匪奇遇。昨有小火轮，沉没于此浒。安全为第一，不能致再误’……”诗作真实记录了这次阻航经历。

然后，郭老与县委的几位同志合影留念，十点左右步行回到江沪轮上。此时航道已经疏通，午后二时许，江沪轮驶入夔门，郭老离别奉节。

让郭老旅程受阻的这个地方叫臭盐碛，上距奉节城一公里，东至夔门约两公里，是川江北岸的一片卵石沙坝。冬春枯水期，长约 2500 米，宽约 800 米，地下有盐卤，以前开有熬盐场，因盐卤味臭得名。臭盐碛中间最宽处达 1100 多米，形如鱼腹，支流梅溪从中穿过而汇入川江，此地又称鱼腹浦。“浦”，指江河主流与支流交汇之地。

臭盐碛之名，一般的人并不知晓，但提起诸葛亮的“八阵图”来，知道的就大有人在了。《三国演义》中描述，东吴大将陆逊引得胜之兵往西追袭，至夔关不远处，只见前面临山傍江，一阵杀气，冲天而起。打听到这里是鱼腹浦，诸葛亮入川时取石排成阵势于沙滩之上。陆逊骑马入石阵观看，忽然狂风大作，一霎时，飞沙走石，遮天盖地……被困于石阵中的陆逊，幸被诸葛亮好善的岳父黄承颜引出，并告之此石阵为“八阵图”，变化无穷。

这个“八阵图”沙滩就是臭盐碛，一千多年后，上面还可见很多乱石堆，传说是石阵留下的。后又据考证，乱石堆实为熬盐灶留下。1964 年 2 月，为了航行安全，川江航道工人奋战三十多天，基本上把这些石堆搬走了。

枯水期臭盐碛完全显露时，把江水逼挤南岸，河道仅宽 100 多米。夏秋汛期碛坝被淹，河道变宽为 1500 米。川江挟带大量泥沙而来，流经臭盐碛后突遇夔门束窄河道，顿时壅阻，淤积在此最厚达二十多米。每年秋汛后退水时，江流急剧增大，大量淤沙被冲刷，发出隆隆的声响，沙浪、漩水汹涌，沙堆此起彼伏，河床变化无常，一般要一个月左右才能冲走当年的淤沙。川江航运人称这个过程叫“洗沙”，也叫“走沙水”，是航行中的“八阵图”。

有一年“走沙水”期间，一个两千匹马力的拖轮船队驶入臭盐碛航道，不慎陷于沙漩中失控，在航道中转了三圈半后侥幸摆脱，不然必定触沙搁浅，发生大事故。过去有大型船队通过时，航道部门要派三只小汽艇引航，两只在最前面探测航道左右水深，一只在船队前头领航。当奉节当地水位退至11米时，“走沙水”如果没有减弱，上下轮船需停航一至三天，这称为“扎沙”。郭老诗中“昨有小火轮，沉没于此浒”，说的是万县专区轮船公司民意轮，本应“扎沙”，但船长曾宪文不听信号台的两次劝阻，冒险开航，结果触沙沉没,让郭老乘坐的江沪轮也“扎沙”一天。

民国时期重庆海关管理航道，每年秋汛时派人划着小木船，探测臭盐碛水深。航深不足时，在碛坝上下游各悬挂一只竹编篾球笼做标志，警示、提醒上下轮船。1951年，长江航务管理局重庆分局航道科装备进步了，派小汽艇驻守，在碛坝上下设置“深度牌”，随时公布航深数据，一目了然。后来，奉节航标段每年抽调四只航标艇，探测航道水深，随时移动和设置航标。在“走沙水”剧烈时，航标移设困难，航标艇充当活动航标，引导船只上下。

为治理臭盐碛“走沙水”，奉节航标段成立维护队。秋汛时，炸开淤沙，再用钢耙船疏浚。可沙是软绵绵的，炸不开。航道技术人员又提出“车叶打沙”法，让上下轮船经过臭盐碛航道时，加大油、开快车，使高速旋转的螺旋桨绞动淤沙，让江流快速带走。臭盐碛淤沙层非常厚,根本无济于事,而且“车叶打沙”对螺旋桨和发动机套筒磨损大，船体还容易变形，后来被叫停了。

1964年秋汛期间，奉节航道段组织“摸沙小组”，他们分析，“有深才有浅，有浅必有深”，这漫江大水必然要为自己开辟一条出路，那么寻找一条可通行的水道是完全可能的。于是，他们利用臭盐碛设置的37对横纵向航标，绘制成方格网，选择若干坐标点，每天驾驶小汽艇探测水深，把数据填入方格网中，勾绘出等深线。经过两年不断探测，对多张方格网的数据进行比对，掌握了“走沙水”深度变化规律，发现南岸航道“走沙水”最严重时虽不能行船，但泥沙淤积壅水，致使北岸碛坝的水位抬高一米左右，可以通航。退水仍在继续，北岸碛坝航深不够时，南岸航道中的泥沙已被完全冲刷，可以恢复通航了。

就这样，利用南、北航道“走沙水”期间的不同水位，及时移设航标，让上下轮船在南、北航道交替通行，巧妙地破解了臭盐碛这个航行中的“八阵图”，每年秋汛，轮船不再“扎沙”。

井子岩夏秋水
大泡漩汹湧行
舟須當小心
井子岩
鯉拐子

荒張背夏秋水大
泡巨漩深勢最汹
湧行船務宜防備
荒張背

登陆艇

一

少年时代，我常在江边看轮船，如果哪天运气好的话，会看见一艘如长方形黑盒子一样的轮船，那兴奋劲儿不摆了，在江边跑呀跑呀，追着看，直到它渐渐远去。

我们把这种长方形黑盒子的轮船叫“灯笼艇”，它的甲板中部右侧耸立着一个高高的圆塔，是驾驶台。一起看轮船的大娃儿说，驾驶台像灯笼，所以才叫这个名字。可我怎么看也不像。后来又听大人说，灯笼艇是缴获“美国鬼子”的战利品，我深信不疑。

长大后，终于弄明白了它的名字和真正的来历。

二战结束，美国大批的军用船舶退役，处理价格便宜，国民政府招商局购买了一大批，其中有十二艘中型登陆艇（Landing Ship Medium，缩写 LSM），就是我们小时候错喊成的“灯笼艇”。它们建造于二战期间，每艘长 62 米、宽 10 多米、深 3.6 米，有两组柴油发动机，共 3600 匹马力，载重近 500 吨。像盒子一样的登陆艇舱内有上下两层，底层为动力、燃料、淡水等机舱和货舱，上层是一个通畅的大空间，可搭载坦克和士兵，驶入较浅的海滩后，船头的两扇大门打开，从上层船舱甲板放下一张长长的跳板，坦克和士兵迅速冲过海滩，登上陆地，因此称登陆艇。这些登陆艇多次参战，甚至有可能在诺曼底登过陆。

招商局把买回的中型登陆艇命名为“华”字艇，编号 201~212，因适合在较浅的水域航行，便进入川江营运。刚一开始，滩险水急的川江就来了一个下马威，“华 201”艇在忠县王爷庙附近触礁，机舱和油舱被撞了个洞，几分钟后沉没。

抗战期间，民生公司在抢运内迁物资和军运中贡献巨大，国民政府交通部命招商局无偿拨交了五艘中型登陆艇给民生公司。同时，民生公司仅用两三百万美元，也向美国、加拿大和联合国善后救济总署购买了二战后处置的二十多艘船舶，其中有六艘中型登陆艇。因此，民生公司一共拥有了十一艘中型登陆艇，统一按“江”字命名：招商局拨交的为“湘江、沅江、沱江、岷江、涪江”艇，在美国购买的为“资江、渠江、乌江、赣江”艇，向联合国购得的是“龙江、怒江”艇。

招商局和民生公司还购买了一批坦克登陆艇，在长江下游航行和从事海洋运输。另外，国民政府行政院救济总署水运大队、行政院物资局也购买了一批登陆艇，但均没在川江航行。

抗战中，中国海军的战舰基本拼光。战后，美国远东海军司令部帮助中国在青岛重建海军，赠送和租借了一批炮舰给国民政府，包括四种登陆艇，分别以“中、美、联、合”命名，其中八艘中型登陆艇为“美珍、美乐、美益、美朋、美盛、美宏、美亨、美颂”号。后来有很多资料都因此误认为川江的那些登陆艇也是美国政府赠送的。

二

上海解放前夕，驻守的国民党军汤恩伯部官兵逐步向沿海岛屿撤退，民生公司渠江、怒江、龙江三艘登陆艇和另外两艘客轮被派遣，运送官兵。在到达浙江舟山定海后，军方扣下这五艘船舶，不准返回大陆。这些船舶上的几百个船员家人都在大陆，很多远在内地的宜昌、万县、重庆等地，被扣后心里非常焦虑，都想回家。

民生公司经理卢作孚得知消息后，立即电令上海分公司业务部经理王化行去定海，解救船舶与船员，一定要保证他们的安全。卢作孚之所以派王化行前去，因他与浙江省主席有旧谊，此时浙江省政府也迁到了定海。

王化行乘坐招商局的轮船到达定海后，拿着卢作孚的电报去找官方和军方交涉，毕竟卢作孚担任过国民政府交通部次长和全国粮食局局长，有一定的知名度和权威。哪知上下奔走了一个多月，定海军方只同意放行两艘客轮，而且必须是开往台湾。卢作孚电示王化行，同意客轮先离开定海去台湾，摆脱军方控制后再做打算。

把两艘客轮送到台湾基隆后，王化行再去定海，想办法解救三艘登陆艇。此时，中央人民政府已在北京成立，定海军方想利用可航海的登陆艇做抵抗，坚决不放行，并对王化行说：如果再坚持要船，把你扣押起来！

王化行又回台湾，拿着卢作孚给国民政府国防部联勤总部高等顾问陈地球和副总司令何世谊的电报，请他俩帮忙。电文称：这三艘船太小，不适于航海，请他们帮助放行。何世谊与陈地球商议后，决定以维修之名，派一艘大型登陆艇开去定海，将渠江、怒江、龙江三艘登陆艇换回台湾。定海守军同意了这个办法。

三艘登陆艇去台湾的途中，不料遇到飓风，其中龙江艇被刮到广东阳江的大树岛后搁浅，无法施救。为不耽误整体计划，在救出船员后，决定丢弃龙江艇。随后，渠江和怒江两艇安全抵达台湾基隆造船厂。

基隆造船厂厂长周茂柏，抗战期间曾任重庆民生机器厂厂长，与卢作孚关系密切，他十分同情这些船员的处境。于是，周茂柏佯称登陆艇的美制部件只有香港才有，基隆船厂无法修理。在获得基隆军方批准后，两艘登陆艇开到了香港，停泊在油麻地码头，在修理中寻找时机开回上海。

这时，台湾方面加强了对长江出海口的封锁，回归船舶不能再驶往上海，只能改去广州。渠江和怒江两艇修好后，借试航的机会，回航时悄悄停在了偏僻的荃湾锚地，并暗中补足了燃油。

1950 年 7 月 31 日清晨，怒江突然从香港荃湾起航，直开广东深圳大铲岛边防站，顺利地回到广州。9 月 1 日，渠江艇也从香港开回了广州。回归途中，曾遇到一艘香港巡逻炮艇，对方打旗语问开往何处，渠江艇不答，炮艇企图拦劫。渠江艇全速前进，炮艇紧追不放，眼看就要被追上，连对方驾驶室里的人都已看得一清二楚了。幸好这时已接近大铲边防站，渠江艇赶紧升起预先准备好的五星红旗，炮艇不敢再追，掉头回去了。

解放军占领大树岛后，民生公司接回搁浅的龙江艇。怒江艇和渠江艇也回到了川江。

三

后来，登陆艇在川江又有了很多的故事。

1949 年 12 月 8 日 9 点 50 分，万县杨家街口码头，从忠县开来的民生公司岷江登陆艇，满载湖北省军区独立一师的官兵，安全停靠。当天万县即宣告和平解放，至此川江沿岸城市基本上都被解放军接管。随后，长江航务局重庆分局成立，首先接收了招商局重庆分公司的六艘“华”字登陆艇。1956 年 9 月，实行公私合营的民生公司经济改组，十一艘登陆艇随之并入长江航运管理局重庆分局，十七艘登陆艇以“人民”命名，编号 1~6、23~33。

抗美援朝战争开始后，登陆艇的配件不能进口了。其中有一种气缸套，制造技术在国内当时算是高精尖水平，民生机器厂的技术人员和工人试验了几十次，才找到一种替代的材料，终于生产出美式登陆艇机器使用的第一只中国产气缸套。

登陆艇的上层通舱空间大，成渝铁路建设期间，专门装运机车头。1950 年 9 月 3 日，民生公司沅江艇第一次就装了三个机车头和九个平车，安全抵达重庆港九龙坡码头。1976 年的冬天，人民 29 号从武汉装运一批耕牛入川。当时北风呼啸，气温急剧下降，铁甲板冰凉，船员们在舱内垫上了一层厚厚的稻草。他们仍然不放心，怕耕牛冻病死了，又拿出当时不容易买到的白酒给牛喝，以增加它们的体温。一天，舱里突然传来牛叫声，船员赶忙跑下舱去，一看，一头母牛正生崽，牛崽胎毛没干，冷得直发抖。一个船员迅速抱起小牛，送到锅炉房取暖。

20 世纪 70 年代，一些登陆艇经改装后，专门从长江中下游运送汽油、柴油到川江沿岸。一位老船员回忆，那个时期，登陆艇顶推一只千吨驳船为标准船队，增加一只驳船在宜昌至万县段航行，船队可获六十元安全超产奖，再航行到万县至重庆段，又可得六十元。为多拿奖金，他们多拉快跑，宜昌到重庆的航程，往往要节约一天的时间。

早在1962年4月的时候，人民1号调给了长航局直属船队，后来，人民28号又做了船舶修理工作船，到1983年时，川江的十七艘登陆艇还有十五艘在营运，已服务近四十年，大多已老旧不堪，又因船体笨重、耗能大，便陆续开始报废、拆解，最后只剩下人民27号和28号，即原由招商局拨交给民生公司使用的湘江艇和涪江艇。

四

2010年，几个从事废旧物资回收的商人，从重庆长江轮船公司买下报废的人民27号，拖到涪陵清溪镇的江边，准确切割后当废铁卖。重庆文物管理部门知道后，呼吁登陆艇应作为抗战文物保存下来。当时还有报道说，一商家欲购买人民27号后修复，设立“长江船舶博物馆”。最终下落不明。

川江上现唯一有下落的人民28号登陆艇，停泊在重庆唐家沱码头的江面，它尾部的牌子写着现名：东风趸船11号。

近三十年来，长江航运管理体制几经变化，长江航务管理局重庆分局早已更名为重庆长江轮船公司，2015年又随母体中国外运长航集团并入大型国有企业招商局集团。换句话说，人民28号登陆艇重回了招商局。

这正印证了民间那句俗话：“三十年河东，三十年河西。”

虎鬚灘水勢湍急
杜甫詩瞿塘漫天
虎鬚怒即此

錯開峽距大江五里有
斬龍台俗傳大禹錯開
神女授册始劈三峽載
在夔州府志

江渝号

曾经，川江边的细娃儿喜欢做的一件事，就是坐在江边的岩石或沙滩上，看来来往往各种各样的轮船，百看不厌；夏天时在江里洗澡，每每遇到客轮驶过，一点儿都不害羞，光着屁股向轮船上的旅客挥手，梦想有一天，也坐着轮船出门远行……

我第一次乘坐川江轮船是 1980 年的夏天，马上要读高中了，跟父亲的同事马叔叔，从家乡小县城云阳到万县市去验光配近视眼镜。马叔叔没买到舱位票，在四等舱找熟人挤了一晚上。我没地方睡觉，第一次坐船很兴奋，也睡不着觉，和一同上船的同街伙伴在船尾耍了一整夜。

那时候川江上的客轮名字是“东方红”加编号，1984 年 7 月 1 日之后改称“江渝”“江汉”加编号，分别属于长江轮船总公司重庆与武汉分公司。江渝轮由中小型客轮组成，一至二位数编号的是中型客轮，三位数编号的为小型客轮，每天上上下下往返于重庆至宜昌、武汉之间，按时停靠沿途各城镇的港口。像涪陵、万州这样的中心城市，还定时停泊重庆至上海超长线的江渝号客轮。当年，渝东地区沿江的涪陵、长寿、万州、云阳、奉节等十多个县市，陆上交通不是十分便捷，江渝轮是主要的外出交通工具，市民出门都要乘坐。后来随着川江航运业的发展，地方轮船公司的川陵、川东、东方号等客轮，加入川江中短途航线营运，更方便了渝东地区沿江县市居民的出行。

川江航行顺江称下水船，逆流为上水船。我从家乡云阳县城去市里和省上，要坐上水船，晚上搭乘江渝客轮，第二天早晨到万县，停靠到中午以前开航，过忠县、丰都、涪陵、长寿，日夜兼程，第三天上午到达重庆港，然后换乘火车去省城。出川坐下水船，夜宿万县的江渝轮一大早到云阳，乘船顺江而下，经奉节、巫山和湖北巴东、秭归，傍晚时达宜昌港，再坐火车去北京、武汉、广州等城市。

1985 年我第一次出三峡，轮船驶入瞿塘峡夔门时带给我的那种宁静，永远定格在脑海里。当时已进入川江汛期，瞿塘峡口的江面上已无礁石阻流，宽阔而水流平缓，轮船“呜——”的一声清脆长笛后，静静驶进巍然屹立的峡口夔门。我随旅客涌向船头，夔门的擎天绝壁仿佛隔绝了一切嘈杂、喧嚣、烦躁，听不见风声，听不到水声，就连身旁旅客对夔门发出的赞叹声，也在这宁静中被融化了。扑面而来的是一种厚重、凝练和深邃的古老与自然文化相融合的气息。

从这一刻起，我的灵魂再也没离开过三峡，再也没离开过川江。

坐船出门经常要候船，那里面包含着无穷的乐趣和情感。我坐上水船的时候多，是晚上候船，喜欢买最晚的班次，逆流的上水船又通常晚点，每次候船都要到深夜。这样我可以消消停停吃了晚饭。平时耍得好的朋友来送行，一同到码头，天热的时候坐在江边歇凉，一边等候轮船，一边摆些有关青春的龙门阵。冬天，水枯的川江退出一大片沙滩，码头梯子两边搭起很多做小生意的篾席棚子，我们切几两卤菜，喝几杯老白干，一边烤火，一边候船。

后来有了女朋友，她陪我在江边候船。我俩坐在码头的石梯上，她总是把头靠在我肩上，默默地坐着。女友在外面上过大学，分到机关当干部，用现在的话来说是公务员，而我只是一个工人。三十年前大学生与工人之间的地位悬殊，是不被社会认可的，她父母因此坚决不同意我俩往来。也许女友感觉出我身上的一种潜能，愿和我在一起。平时我俩没地方见面，小县城里那时没有公园，连街上的绿化带也没有，几乎人人都互相认识，怕遇见熟人，告诉了她父母。江边夜晚候船，是我俩难得的机会和地方。

每次看见下游很远的地方出现一个亮点，就知道那是轮船的探照灯，这时进港航程和停靠趸船、下客上客的时间加起来，起码还有一个小时。我把女友送上码头上面比较安全的大街，让她自己回家。说实话，当年我多么不想看到那个亮点。送走女友，往回赶的时候，客轮正拉响两声进港长笛，即将停靠趸船，我正好赶上。

江渝轮一般只设二至四等卧铺舱和散席舱，普通公差人员可报销三等及以下的卧铺票，如果坐散席舱，单位按四等卧铺票价补助差额。船票上没有铺位号，旅客上船后凭船票换铺位牌，对号找到自己的舱室铺位。有些一同出门的人为了节约，只买一张卧铺舱票，两人挤一个铺位。散席舱没铺位，自己找地方坐，但可以按旅途长短，花两三角钱，租一床麦秆席，随便铺在那里就能睡觉，旅客多的时候，特别是春运期间，甲板上、通道里都挤满了席地或坐或卧的人，连过路下脚的地方都没有。

在换铺位牌时，江渝轮服务员会把在同一个港口下船的旅客，安排在一个舱室，这样方便管理。外出求学那会儿开学返校，同舱室全是在一个港口上船下船的学生，热闹得很，吃饭的时候，大家叽叽喳喳地在餐厅围成一圈。夕阳西下，伏在船舷的栏杆上和女同学一起吹江风，那真是人生中最美好而浪漫的时刻。

当年江渝轮上的服务项目多，小卖部有烟酒、糕点零食和土特产，可以花上一两元钱去录像厅看录像或去游戏厅玩游戏机。餐厅在晚上临时改成舞厅，女士免费，男士花五角钱购票入场。船上还有淋浴室，可洗热水澡，当年渝东地区沿江县市普遍没有使用天然气，冬天乘船趁机舒舒服服地洗个热水澡，是一件很享受的美事。1988 年 12 月一个严寒的日子，我陪母亲去重庆治病，她坚持要在船上洗个热水澡，我生怕她感冒了加重病情，居然一点事儿都没有。

有一次我跟领导坐船，船上卖夜宵，领导掏钱，吩咐我跑腿，买了几样小菜，陪领导在三等舱里喝了几杯小酒。喝完酒，领导休息了，我跑去餐厅临时改作的舞厅。我那时只有二十多岁，比较胆怯，不敢邀请女舞伴，只坐在那里看别人狂欢舞蹈。

江渝轮停靠码头时，趸船上总有商贩叫卖当地的土特产：涪陵榨菜、忠州豆腐乳、云阳桃片糕、奉节脐橙、巫山雪枣……有一次我在巫山港趸上船买了一袋橘子，结果船开了，那个卖橘子的大娘用竹竿钩着小竹篓，一个劲儿递给我，递了好远，我还是没能接到。多年过去了，这位大娘可还安好？只有永远留下记忆在脑海了。

坐长途江渝轮，吃过早饭后到船上阅览室看报刊，午饭后睡个午觉，下午拿着画板去船尾写生，晚上躺在上铺看小说，一个标准的上世纪 80 年代“文艺青年范儿”。那是多么悠闲的旅程啊！

20 世纪 20 年代后期，迅猛发展的陆上快速客运方便、快捷、价廉，完全取代了缓慢、平稳、悠闲的川江轮船客运，江渝轮全部退出长江客运，改为旅游船，一部分破旧不堪的老江渝轮被拆解，或卖作江边的水上酒店、餐厅船等。那些地方轮船公司大多破产清算，生存下来的也转向经营旅游船和大力发展货轮运输。

承载我青少年时代许多梦想的江渝号客轮，在川江上再也寻不到踪影了，只留下了这些记忆在心里。

瞿塘峡險灘不止
一處黑石石板峡
扇子石燕髭漕台
子角白菓背皆犬
石緣岸矗立犬牙
相錯水不能直流
舟如蛇行水大湍
急不偏東便偏西
是以難行道光三
年湖北職員李本
忠捐資萬餘兩將
黑石灘內燕髭漕
石板峡一一鑿去
並將白菓背繂道
一一剷平現在
水勢較平
挽繂得力
商民賴之

插件 · 峡江救生船志

黑石灘上屬奉節
下屬巫山

黑石灘距夔城三十里諺云灧澦出頂黑石下井言其險也吳船錄瞿塘峽中有黑石灘最險兩山束江驟起水勢不能平也

岸部

CHUANJIANG CIDIAN

ANBU

孤魂灯

“我——的——儿——呀！回——来——哟——”

“我的男客也！你回——来——呀——”

黑夜，峡江里传出一声声悠长、凄凉、哀婉的呼唤，然后飘逝得很远很远。一个额头前有几缕散乱白发的老妇，或是一位梳妆整洁的青发女人，在崖边乱石块垒砌的香龛中一边烧纸，一边低吟。他们是母亲或佑客，做这种事的永远都是女人。

崖边石龛旁，直直地竖立着一根细长的南竹竿，竿头高高悬吊着一盏油灯，孤独地点亮在荒郊野岭的一个个夜晚。它不为行船引航，自古峡江不能夜航；它只是一盏孤灯，照射不了多远，也不能为夜行者添亮。油灯吊在竿头的木滑轮上，添油的时候，用绳子放下，加满油，再拉上去。峡里有风也有雨，竖竿人做了一个人字形木盖，罩着油灯，吊在竹竿上像是一个小小的房子，在清冷与孤寂中随风摇曳。

川江滩险水急，泡漩翻滚，随时随地都会吞噬行驶中的船只。桡胡子葬身江浪后，常常连尸首都捞不到，他们的魂魄自然回不了家，成为孤魂野鬼在峡江游荡。头七的夜晚，亲人从家里提来灯油，点亮这盏孤灯，呼唤桡胡子的名字，那游荡的孤魂野鬼从远处循着声音飘来，看见那盏高高吊着的孤灯，就能回家了。

这孤灯是孤魂野鬼的航标灯，峡江人称“孤魂灯”。

抗战期间，重庆城遭受日机狂轰滥炸，马路上的电杆和路灯被毁，一时难以恢复，市工务局便用煤油灯充当临时路灯。油灯呈方形，四面镶有玻璃罩防风雨。每天傍晚，那些街巷中都会准时出现一个个男人，有的高、有的矮，有的胖、有的瘦，也可能年轻，也可能是个老头，他们提着油罐，一路不停地添油、点灯，点灯、添油。山城的雾大，有时手中的打火石受潮了，连续打几下，才点亮油灯。早上天快亮的时候，再去把这一路的灯一盏盏灭熄。他们是这条街坊的保长或者甲长，负责看管这些煤油路灯——我以为他们只抓壮丁哩！因此被称为“保甲灯”。

夜色中，我看见满是废墟瓦砾的街道上，一盏盏煤油灯在玻璃罩里不停地晃动，好像一颗颗跳动的心脏。夜归的人，循着它好回家。

千年古镇云安采卤制盐起于汉代，兴于清中期，民国时期更丰。一条清澈美丽的小河汤溪，从镇中穿过而蜿蜒向南飘去，河的东西两岸设义渡来往。每天曳水佬儿、干墙上、炭老倌们曳卤、熬盐转轮子，不分昼夜，汤溪河上摆义渡的桡胡子跟着摸黑。突然有一天，义渡口点起了一盏油灯，过渡的人好奇起来。桡胡子道出缘由，一个叫汪国宾的盐灶老板，每天捐出一斤菜油；每天，一个名叫陈阳端的人，把活路做完了，就去汪家取菜油，再送到渡口来。

黑夜茫茫，如亮花儿虫的油灯照亮的也就是船头那么一小块地方，但回家的人老远看见那光亮，不觉中加快了步伐……

寰宇記灧澦堆周圍
二十丈冬水淺屹然
露百餘丈夏水漲沒
數十丈其狀如馬舟
人不敢進諺云灧澦
大如馬瞿塘不可下
灧澦大如龜
瞿塘不可窺
白帝山高峯
特峙公孫述
據蜀有白龍
自井出故號
曰白帝城舊
名赤甲城
白帝城
男女孔
馬鞍石

夔州志孟良
梯孟良欲過
關架木為梯
形跡猶存
夔州府志瞿
塘峽瞿大也
塘水所聚也
舊名西陵乃
三峽之門兩
岸對峙中貫
一江灧澦當
其口
赤甲山
夔門
瞿塘峽
白鹽岩
粉壁墻
孟良梯

卧龍山漢
武侯屯營
於此上建
諸葛祠因
名有泉清
冷
卧龍山
夔州府
奉節縣

荆州圖考永安宫南一里渚
下平磧上週迴四百八十丈
中有諸葛孔明八陣圖聚
細石爲之各高五尺廣十圍
歷然棊布縱橫相當中間
相去九尺正中開南北巷悉
廣五尺凡六十四聚或爲人
散亂及爲夏水所没冬
水退復依然如故
夔州舊志永安宫今爲
府儒學基入蜀記夔在
山椒沙上所謂魚復永安
臭鹽磧
八陣圖
新開灘
青龍角

猿 鸣

川江最不缺的就是龙门阵，像江中的滩浪一样多。从前，有一个穿花衣服的新媳妇儿到山上砍柴，被一只老猿猴背到了山洞里。上下都是悬崖，不能逃走。老猿猴天天出去偷吃的来养活她。后来新媳妇儿生了一个像人又像猿猴的儿子。老猿猴很高兴，经常偷花布回来给她。有一天，新媳妇儿把花布一段一段地接起当绳子，从山洞梭下来，跑回了家。

第二天，老猿猴抱着儿子，坐在新媳妇儿家对面山中的一块石头上，呜咽呜叫。每天如此。新媳妇儿被叫得心烦意乱，终于想出一个法子。她烧红一块木炭，估计老猿猴要来了，放在它天天坐的石头上……从此，再没听到老猿猴的叫声。

这是小时候听姑妈摆的龙门阵。上初中，读郦道元“猿鸣三声泪沾裳”时，老师告诉我们：猿与猴相似，但各是一种灵长类动物，猿比猴大，没有尾巴。猿的手还比腿长。

三峡老诗人胡焕章以前在秭归采风，听老渔民说，除非求爱、外出寻食、招唤同伴，猿是不随便叫喊的。如果它丢失了自己的孩子，叫得肠子都像要断了一样。那声音在峡谷中回荡，很久才消失，特别凄凉。

老渔民的话，在古书上得到印证。明代《益部谈资》中马元赤说：三峡两岸猿最多，或三五结伴，或几十上百为群，但我从没听到过它们的叫声。更早的古书，南朝《世说新语》里讲了个故事：东晋荆州刺史桓温带兵伐蜀，在三峡中，有个士兵抓了一只小猿崽，母猿沿岸追赶，不停地鸣叫。追了一百多里路，在船离岸较近的地方一下子跳了上来，刚落到船板上就气绝身亡。剖开母猿的肚子看，里面的肠子全断成了一寸一寸的。桓温知道后，非常生气，下令处罚了捉小猿崽的士兵。

三峡崇山峻岭，人迹罕至，树林和山涧清凉寂静。猿平时不常叫，也不愿被声音打扰。巫峡跳石滩两岸壁立，山峰像要合拢了一样，树木葱郁，仅隔一线。川江上刚有轮船时，航行至此，都不敢鸣笛，不然崖上黠猿会搬起石头砸船。就连木船也不敢在此靠头、久留。

20 世纪 80 年代中期的一个秋天，巫山人李显荣，在大宁河边看见一群猴子，抬着一只死猴来到沙滩，刨开一个坑，把死猴放在里面。然后围着沙坑，一阵呜咽、哀啼，接着几只猴子准备刨沙掩埋。一只老猴忽然把死猴提起来，放在坑边，先用嘴亲，再用前爪摸，摸遍死猴全身。突然又停下来，看了它很久，才慢慢放进坑里，埋了。

猿与猴的哀鸣一样。

郦道元说：“故渔者歌曰：‘巴东三峡巫峡长，猿鸣三声泪沾裳。’”为何是“渔者”，而不是“舟子歌曰”？

一位三峡老渔民回答我：川江桡胡子的苦有号子可唱。我们无歌，在峡里与猿相伴，它的哀鸣就是我们打鱼人的歌。

过去，川江打鱼人在岸上无片瓦遮身，立足无插针之地，都以船为家，称“连家船”，生儿育女也在船上。他们自嘲：“船上吃船上屙，不搭跳板上不到坡。”

帅大脑壳出生在渔船上，长大后，跟父母学打鱼，满江跑。民国时候，跟叔叔打鱼从云阳到了万县，后来加入渔业社。他的五儿一女都在连家船上出生。儿子长大全进了渔业社，被派到其他连家船上。渔业社规定分班作业，一家人不能上同一条船。一条连家船几家姓，晚上怎么睡觉？老渔民说：简单，男的一个舱，女的一个舱。是我想复杂了。

帅大脑壳女儿没打鱼，在渔业社酱园厂上班，早出晚归，但仍住连家船。直到嫁人，男客不是渔民，才搬上了岸。

1976年5月的一天，帅大脑壳正在苦草沱打鱼，离城几十公里，突然病了。儿子接他回万县，到医院一检查，肺癌。他说，我想吃皮蛋。儿子给他买了五个。三天后，皮蛋还剩三个，帅大脑壳就死在了连家船上。家人用几块船舱盖板拼接起来，订了一副棺材，把他埋了，帅大脑壳终于上了坡。无钱请吹鼓手，没有川江人习惯的唢呐声相送，更没猿为他哀鸣，它们早搬了家。

听友人说，如今猿又回峡江了。但江上已不闻号子声。

故我也歌曰：舟子有唱，棹歌声声。渔者无歌，泪沾我裳。舟子渔者，皆唱无歌。重蹈巫峡，再听猿鸣。

八母子滩春冬
水枯急流汹涌
黄米碛
八母子
官渡口

三峡悬棺

1971 年 6 月的一个夜晚，瞿塘峡白鸽背信号台的小吴正在值班，突然发现上游远处风箱峡崖壁下有几团火光闪烁。也许是露宿的采药人，小吴想。峡里悬崖上有一种罕见的中草药“岩白菜”，常引来人采挖。第二天晚上，那火光又出现了。一般采药人是不会停留这么久的，小吴觉得奇怪，决定白天去看一看。

第三天上午，小吴还没去峡里，信号台却来了两个农民装扮的人。一个四十多岁，瘦高个，稀疏的头发下有几个秃疤。另一个五十多岁，背驼，走路还有点瘸，手拄两根木棍。分明一个是癞子，一个是驼子，他们来讨水喝，说是要去对岸峡口外的大溪公社。小吴弄清楚了，风箱峡晚上的火就是他们点的。

两人见信号员友善，其中驼背老头把手中的一根木棍递给小吴说：“送你一件宝物！”小吴瞟了木棍一眼回答：“你这棍子打狗都嫌轻，还是什么宝？”驼背老头见小吴轻视这棍子，有点不服气地解释道：“这是从风箱峡的棺材里弄出来的，说不定是皇帝老儿的随身物，里面还有宝剑……”这时，瘦高个癞子用手臂碰了他一下，示意说漏了口。两人赶紧喝完水道谢走了。

下午，信号台又来了位砍柴的老人，说：那几个人真是一副‘草药’配齐了——癞子、驼子、瞎子，把风箱峡搞得稀烂。小吴越觉得有问题，于是给同事打招呼说：“我去看看。”

沿着崖壁上的古栈道来到风箱峡，小吴顿时惊呆了。栈道上满是白骨和棺木碎块，一个干瘦男人在刮上面的黑色沉积物，说是“尸片”，古尸水干了留下的，是味好药。两个放牛娃拿起尸骨玩耍。栈道边，一老一少抬着一口比较完好的棺材往江边船上走。小吴问：“你们这是往哪里抬？”

“我是大溪的，弄回去当猪食槽。那个采药的说，猪吃了不发猪瘟。”老者边回答，边用下巴往小吴身后翘了翘。

小吴回过身，看见崖石裂缝形成的山洞里，一个戴破草帽的老头在石头灶前烧火。“你是采药的？”小吴问。老头抬起头，两眼无光地望着小吴答话：“我是给他们做饭的，说是分我两个钱。”原来老头是个半盲人。小吴仔细一看，洞里还有人，正是去信号台讨水喝的那两个。

瘦高个癞子看到小吴，笑脸相迎：“哦，兄弟！你也来了？”说着将手中的麻布包递过来，“你看得起的，尽管拿！”这两人没去大溪，折返风箱峡了。

小吴没再理他们，立即回信号台。回到台里，拿起电话，向单位领导报告了这事。很快，奉节县文化和公安部门的人员赶来了……

后经查明，这几个人损毁的棺材是悬棺，也称岩棺，因做成船形，还称船棺。三峡地区瞿塘峡之风箱峡、巫峡的铁棺峡、西陵峡里兵书宝剑峡，以及川江支流奉节草堂河、巫溪大宁河、巴东龙船河（神农溪）、秭归九畹溪、宜昌黄柏河等，都有大量悬棺及悬棺群。

20 世纪 80 年代初，四川大学崖葬考古科研组采取钉桩架梯的办法，对大宁河荆竹坝离地面最近、约九十米高的一具悬棺进行清理，发现棺材用整段树木挖凿而成，内有两具尸骨，分别为十四岁男性和十岁女性。女性头骨上有一个破洞，系生前由钝器所致。几年后，四川省万县地区（现重庆市万州区）博物馆又对巫溪南门湾一具悬棺进行清理，情形与荆竹坝悬棺基本相同，区别是尸骨主人为三十岁左右的男性和四十岁左右的女性。

考古人员对这些棺材残片进行断代测定，三峡悬棺产生年代为春秋战国时期。三峡地区一些古巴人去世后，后人选择江河沿岸悬崖峭壁的半腰位置，一般离地面和崖顶几十至一百米左右，利用天然洞穴、崖隙，或凿打崖洞，将棺材置放于内。

古代棺材木质坚硬而笨重，加上陪葬品、尸体，重量有几百斤，是怎样放置上去的？考古界目前主要有三种解释：事先在悬崖上凿打一条小路，将棺材搬上去后再把路毁掉；趁江河涨水时安置棺材；用绞车、绳索、滑轮等升降工具，从地面或崖顶，将棺材吊置安放。

据考证，首先“开路说”难成立。古代开凿手段非常原始，耗时耗资巨大，而且至今也没发现凿路、毁路遗迹。“江河涨水说”更牵强附会。历史上川江并没出现过如此高位的洪水，特大洪水也是间隔几十年才出现一次，人死后不可能等几十年才悬葬。还有，古人根本不具备高位洪水的驾舟技能，洪水在支流溪河又称之为“齐头水”，来去凶猛、迅速，岂能泛舟？

唯“升降工具说”有一定道理。自古民间能人工匠多，当今有人曾专门做过尝试，以原始的“绞车、绳索、滑轮”工具复原古人“悬葬”办法。据目击者说，当年在风箱峡损毁悬棺的那两人爬岩很有一套。癞子赤着脚，双手紧抓崖缝石壁，十多分钟就上去了。驼子更绝，脱下鞋子，双脚竟无趾。他爬岩的方式奇特，面朝外，左右手脚各支撑在两边石壁上，形状像一个大字，一左一右地向上移动，比癞子还快。当接近洞顶时，有一处凸出的岩石挡住了他的驼背，只见他侧身一转，借力纵上一处可立足的石洞。县里文化部门和公安部门带来协助的石匠试了几次，根本爬不上去，还是由癞子和驼子拉上去的。

古人为什么要实行悬葬？这也是三峡悬棺至今未解之谜，目前存有多种说法：先人去世后把尸体安葬在悬崖上，其魂灵保佑子孙繁荣昌盛；船形棺材可将死者魂灵超度到极乐世界；高崖离天近，先人魂灵可升天……甚至有专家对南方悬棺研究后认为，当时流行“天花”，患者死后埋土一百年病菌仍不灭，最好的办法就是置放在高处用太阳晒。我想，两千多年前的古人能知百年身后事？真是聪明。

三峡悬棺之谜一直诱惑着世人，人们纷纷猜测里面一定有价值连城的宝藏。大宁河悬棺当地有民谣唱道：红岩对白岩，岩上有棺材，金银千千万，舍命取下来。

秭归香溪口与青滩之间北岸绝壁上有一个天然洞穴，里面叠放着三具棺木，远看极像古时的书匣子。洞外左下方的峭壁上，还有一条酷似宝剑的岩石。传说诸葛亮生前嘱托最信得过的人，将人人垂涎的兵书藏到这个洞穴里。为防止被盗，在旁边挂上一把宝剑镇邪，久而久之，宝剑化作岩石。这里因此得名兵书宝剑峡。民国初年，有个人想得到兵书，用粗绳从崖顶吊下去。他从上往下，一眼望到崖底峡江汹涌的江水，突然产生一种恐惧感，慌慌张张地在悬棺里找到一把宝剑就往回走。刚要出崖洞，手上的宝剑却神奇般地不见了。他认为这是冲撞了死者的魂灵，便逃了出来。

民国时期，巫山来了个军人马县长，他也想弄清悬棺里到底装的什么，带着士兵划船来到大宁河龙门峡。人上不去，便命令用枪把悬棺打下来。一阵砰砰砰枪声之后，天空突然乌云翻滚，雷鸣电闪，竟下起瓢泼大雨来。紧接着大宁河齐头水涌来，差点要了马县长的命。

1955 年，巫溪县人民政府查找县政府的旧档案，听当地老人讲，旧档案可能藏在城东凤凰山上峭壁的岩棺里。于是派人取下十几口棺材，里面既无尸骨，也无档案，全是古代田粮账本，一本本整整齐齐地叠放着。但手一触就成了粉末，或用手指能戳穿厚厚一叠。1970 年，巫溪县在大宁河右岸建火柴厂车间，开山炸石时震落下半崖上一具悬棺，悬棺为圆形，用整段的树木挖凿而成。里面只有尸骨和在“连史纸”上写下的不认识的文字。破“四旧”时，巫山一批红卫兵认为悬棺几千年了，是真的旧东西。用软梯、麻绳，从悬崖顶吊下去，把大宁河龙门峡的悬棺撬了下来。结果摔得粉碎，根本不知里面是些什么。

2003 年 6 月 2 日，三峡库区蓄水，考古人员终于可以轻松地进入兵书宝剑峡洞穴，发现里面并没有民间认为的金银财宝。考古人员清理出矛、戈、柳叶剑和弓、箭杆以及剑饰、骨饰件等青铜器、骨器、竹木制品等类型文物二十多件，其中弓、箭制品尤为珍贵，为冷兵器时代重要的远射兵器，这在已发掘的悬棺葬中属于首次发现，填补了巴人兵器史的空白。

三峡悬棺之谜，仍悬而未知。

私鹽沱

闗刀峡南岸山田間
有形如闗刀故名
高女墳
闗刀峡

烏龍灘

积薪烧石

四川宜宾为川江起点城市，古称僰道。岷江在这里汇入川江，古时入口处有一个僰道大滩，滩中礁石巨大、嶙峋，石质异常坚硬，很难凿打，是过往船只的一个大障碍。

秦昭王后期，李冰担任蜀郡（大体为今四川）太守，对僰道大滩进行了整治。早在战国中后期，四川已出现冶铁业，可制作一些铁器工具，李冰在四川境内的几处治水工程中已大量使用过，但对于僰道大滩的坚石，这些铁器根本起不了作用。李冰从民间找到智慧，用“积薪烧石”的办法治滩。

积，聚；储蓄。薪，做燃料的木材。“积薪烧石”意为积聚柴火烧石。

冬季水枯，僰道大滩礁石裸露，李冰运来大量树枝干柴，堆积在上面，点火焚烧。烈火熊熊，礁石在高温下膨胀，先用醋浸湿，使其层层裂缝，再继续烧石，最后用冷水迅速浇泼。高温下的礁石突然遇冷，骤然收缩而爆裂、破碎，再用铁器锤击、凿打。按这种方法，多次反复进行，终于把露出水面的礁石凿平了，航道通畅起来。

"积薪烧石"的办法，在川江航道治理中使用了一千多年。

明嘉靖二十一年(1542 年)以来，秭归新滩又多次出现岩崩而断航，最长一次前后长达 82 年之久。明天启四年(1624 年)，湖广按察使乔拱璧带领归州（治秭归）知州杨奇珍，对青滩进行整治。虽然唐代已发明火药,但基本上没有运用到工程施工中,乔、杨两位大人仍然采用烧石的办法。

不过这次燃烧的不再是树枝干柴，改烧煤炭，体积小、火力大、燃时长,发出的热量更大。前人是把木柴堆在礁石上燃烧,这两位大人的方法进了一步，先在礁石上挖凿一些孔洞，把煤炭堆在石洞里燃烧，集中了热量。达到一定温度后，也淋醋浇水，礁石立刻胀裂一层，然后逐层煅烧，直至成为可用铁锤钢钎凿打的块状。

凿洞燃煤烧石的办法，算是现代钻爆技术的雏形。

插件 · 峡江救生船志

哪叭灘春冬水
枯急溜洶湧上
下行舟當小心
防備
哪叭灘
安坪

高梘子灘夏秋水
大上水船行漕內急
流洶湧總宜小心
高梘子
黃石嘴

李本忠

我知道一位一百八十年前的汉口商人，名李本忠。介绍他之前，先说说他爷爷李武。

当年李武是汉口长江上的一位摆渡人。一日，送走客人后，他发现船舱里有一个包裹，沉甸甸的，打开一看，全是银子。肯定是过渡人丢下的，于是停船等候失主。不一会儿，急匆匆走来一个人，问李武是否看到一个包裹。原来这人是浙江商人，过渡拜会一位客户，手提很多土特产，不料下船时落下了装银子的包裹。李武将包裹交还给浙商。浙商很感激，从包里掏出一锭银子答谢。李武婉拒道："你一包银子我都没要，还会要你一锭银子吗？"浙商实在过意不去，执意送了一只随身带的土特产金华火腿。李武接受了。

第二天正逢农历初一，李武在船头点香燃烛敬奉祖师爷，把浙商送的火腿当供品摆在船头。突然，一只鹰俯冲下来，叼走了火腿。它并不飞远，在附近江岸盘旋。李武划船去追。火腿太重，从鹰嘴里落了下来，砸进芦苇丛中。寻找火腿时，李武意外发现了一只腐烂的木船,舱里有一堆像银子的黑砣砣。他捡起一个,擦去黑色,果真是银子。李武判断这是一只古代沉船。后来,他用沉船上的银子开了商号“李祥兴”,专从四川贩运粮食到汉口。

清乾隆中期,有一天,一只运粮广船在秭归泄滩翻沉,李武随船遇难,连尸首都没打捞到。

再说李本忠父亲李之义。子承父业,李武之子李之义继续经商,行走于川江之上。岂料几年后,他乘坐的商船在秭归泄滩又沉没。家中妻子得知噩耗,悲痛万分,竟服砒霜自尽殉节。李家搭起灵堂办丧事,摆上李之义和妻子的牌位。亲友正在吊唁之时,李之义突然活着回来了。原来他落水后,抓住一块船板,顺江漂流近百里,在三斗坪村被人救上岸。

李家两遭川江滩险灾难,船货损毁,家道中落。李之义强打精神,凭借“李祥兴”商号的信誉,筹借资金,重操旧业,仍铤而走险于恶浪险滩中。

李之义重操旧业后,带着十多岁的儿子李本忠学习经商。家里的不幸遭遇对年少的李本忠震动巨大,他暗自立下“力凿险滩,永杜后患”之愿。

几年后,李之义因劳累成疾,加之心中一直郁闷,便撒手人寰。李本忠接过父亲手中的祖业商号“李祥兴”,继续经商于川鄂之间。同时,也为少年时立下的志愿筹集经费。

时间过得快,转眼到了嘉庆九年(1804年),李本忠已经四十五岁了。经过二十多年的苦心经营,他终于成为一位“沟通川楚”的大行商。有了资金实力,他决定治滩。

这年十月,李本忠向归州(治秭归)知州提出申请,自费整治秭归的险滩。从没听说过民间自费治滩新鲜事的知州大人,以需报批为由而没了下文。这年就这么错过了枯水期治滩的计划。

第二年,李本忠干脆呈文归州上级衙门宜昌府,提出治滩申请。宜昌府官吏办事效率高,八天后批准他的请求。

接到批文,李本忠即同商号的掌柜兼好友周步州一道,雇请石匠、挑夫六百余名,开始对秭归泄滩、牛口滩进行治理。当时治滩手段十分落后,炸药和雷管还没出现。为把一块礁石凿碎,先要打一个石洞,放进煤炭燃烧,达到一定温度后,浇上冷水,礁石立刻开裂一层,然后逐层这样煅烧,直至成为可用铁锤打碎的小块。用这种办法治理东湖县（现宜昌市夷陵区）渣波滩，李本忠用了六年时间，可想治滩之艰难。

李本忠的治滩手段虽然原始，但施工方式却不乏科学性。治理渣波滩时，他将滩上打下的渣石，全部填入滩下一个一百多米深的大坑，既减少渣石搬运量，又改善了流径。这坑没填浅之前，水流紊乱，时常泡漩翻滚。

每年枯水期完成治滩施工任务后，李本忠安排专人在汛期守滩，观察治理效果，收集船工对滩情水势变化的意见，便于下个枯水期继续整治。他自己也常去察看滩情，再三叮咛船工：滩已打平，清吉无事，若照旧样航行，还受其害。渣波滩整治完工后，李本忠派人守滩三年，向过往船只告之治理后的航行要点。

秭归城对岸江南有一个碎石滩，因夏季暴雨，山洪挟带大量山石冲入江中形成。当年除去滩石，来年仍会冲来，再次形成险滩。李本忠实地调查后发现，岸上阳山和阴山之间有一条长约几公里的陡溪，当地蔡、马、王、刘、姜、谭六姓人家祖祖辈辈在此开垦种地，破坏植被，导致山石裸露，每逢大暴雨滚进陡溪，冲入江中成滩。李本忠认为，为杜绝后患，必须封山育林。于是与这六姓人家商议，欲购买两山山权。谁知其中两姓人家刁难不卖，李本忠只好报请官府裁定。后经湖北布政使司批复，令宜昌府督促归州吊销这六姓人家山契。最终，李本忠用纹银一千零七十五两买下阴阳两山，所有权归属国家。六姓人家迁出，退耕还林，封山禁伐。

封山后，李本忠在要道位置修建两处瓦房，雇人守山。同时，又出钱购买田产，收租用于守山人的工钱。

道光三年（1823 年）十月，李本忠获准治理奉节瞿塘峡黑石滩、石板硖等险滩时，与他风雨同舟治滩十八年的好友周步州不幸去世。李本忠便从汉阳聘来亲戚闵文哲、张履泰管理，继续施工。奉节知县万承荫在给上级衙门的报告中说：我不时携带酒肉到工地，一是查看，二是犒赏。每次都见一百多名民工勤劳苦干，管理人员尽职尽责，坡上煤炭堆积如山，以备煅炼之用。

治滩期间，李本忠根据家中实情，安排长子及次孙经管商号“李祥兴”，次子及长孙读书求功名。家里年仅十岁的三孙李贤佐跟着他治滩，李本忠将治滩资金转入其名下，希望其继承他的治滩事业。李贤佐跟着李本忠治滩十年，不幸在二十一岁那年七月病故。

道光帝从县省衙门的呈文中得知后，钦批“乐善好施”四字，拨款建坊彰显。

其实早在七年前，在家经商的长子也已病逝。李本忠在治滩中经历了丧友、丧子、丧孙之痛，但从没动摇过信念，从四十五岁至八十一岁的三十六年中，治理大小滩险四十八处，共耗银十七万八千多两。根据当时的工价记录，将这笔治滩银换算成工作量，在2013年时，笔者折合成当今的工价，总计达二亿四千三百多万元人民币。

李本忠八十一岁时，自知将辞人世，将三十多年的治滩经历整理成《平滩纪略》一书，并编纂《蜀江指掌》，自费刊印数千册，散发给三峡航道中来往的船只。《蜀江指掌》介绍了整治后的二十五处险滩水情变化并印有行船须知，告诫船户不能照搬治滩前的水情行船，不然会出错。

插件·峡江救生船志

小鼓沱水枯時
可停泊下水船
南漕水謹防沱
內淺處
小鼓沱

龍洞溪源出白海
坝南流入岷江水
經注巴鄉村ㄴ人
善釀俗稱巴鄉清
郡出名酒村側有
溪ㄴ中多靈壽木
溪中有魚其頭似
羊豐肉少骨味美
餘魚

凼　子

一

20 世纪 80 年代，我在家乡小县城的食品公司当工人，单位经常往湖北宜昌、沙市、武汉一带装运生猪。有一次又装猪去宜昌，派我随船当押运员。这艘机动船由省食品公司统一编号，船名“川食108”，停靠在小东门外的红槽湾码头。那天，我带了洗漱用品，去红槽湾上船。

“这个凼子不叫红槽湾，都喊错了。”船上的老水手屠老幺给我纠正道：“是红船湾。”他怕我不信，去驾驶室拿了本《长江上游航行图》，翻到云阳县城，指给我说：“你看嘛，这个凼子！”图中果真是“红船湾”三个字。

为什么叫红船湾？这时船开头了，屠老幺一边操作，一边断断续续地给我讲：红船湾上面有个二郎滩，下边又是石板滩、三漩沱、宝塔子，都是险滩，水很急，不时有木船打皮（撞烂）。过去这个凼子靠得有红船，发生危险后，红船马上划出去救人。红船是木划子，漆成红色，船上的桡胡子都穿着红衣服，很扎眼，一眼就看得出来。

屠老幺嘴里一个“凼子”接一个“凼子”。凼子，本意指水坑，下川江一带方言中“凼子”，是“地方”的意思。

二

川食108轮过磁庄子滩时，屠老幺指着北岸说：“这个凼子也靠过红船，叫红船背。”那个时候还没听说要建三峡大坝，川江属自然航道，下水船速很快，一个小时左右，到了云阳与奉节交界处的拖板滩，船要靠岸，装下属食品组收购的猪。

拖板滩沿江是一条长长的石板坡，坡上一大群猪，七拱八翘地不愿上船，吆猪的人很费劲。看到这里，屠老幺像突然想起了什么似的，指着石板坡说：“这个凼子是个溜石皮，往年拉船过滩，脚打滑，连蹬的地方都没得，累死过人，才叫了这个名字。”

我感慨道：“没想到川江的地名有这么多故事。”屠老幺说：“川江地名稀奇古怪得很。”于是，他给我介绍，有称呼亲人的凼子：三姊妹、媳妇面、干儿子、幺姑沱、高舅母……有土味的：瞌睡坝、篾条滩、豆腐石、腊肉洞、板凳角等。沿岸的凼子还可以凑齐十二生肖：老鼠冲、牛困石、虎须子、兔子石、龙凤沟、蛇老壳、马腿滩、羊驼背、猴子岩、鸡公石、狗爬滩、猪圈门。

我问屠老幺：“这么多凼子的名字，你怎么记得到哟？”

“在川江走船，靠的是脑壳吃饭。”这时，川食108轮的向船长突然在旁边冒了一句，他一直站在船头查看装载情况。

机动船的引水、轮机要上岗证，河运校毕业的人都往长航和省轮司大单位走，川食108轮只能从木船社调。这些人过去跑木船，后来学会开机动船，但机动船越来越多，木船社的效益越来越差，大家都愿到我们国营单位端“铁饭碗”。向船长的引水证航线可到武汉，木船社不愿放，是我们单位硬“挖”的，木船社就把屠老幺和另外一个水手“搭”了过来。水手也有证，但不吃香。

“这狗日的水，三分钟一变化，‘比大指拇’要记得到坡上的上千块石头，认得到水里的几百个滩才行。”屠老幺接过向船长的话，“我没得文化，考引水，没考上。”川江上行轮要专人指挥，叫引水，民国初期就有了。引水在前观察，舵工在后扳舵，因背对舵工，便用大指拇比画。川江人因此都把引水喊成“比大指拇”的。

费了半天劲儿，岸上的猪才被赶进船舱，川食108轮又开头了。路过南岸的奉节县安坪公社时，赶完场回家的人，背筐挑担地在江边等班船。“这个凼子有个喇叭滩，嘴巴奓起的，就等你来。”屠老幺做了个倒八字的手势，“过去一擦黑，桡胡子就不敢过，靠头，把船的篷拱顶上坡过夜，这个凼子慢慢就成了场镇。”为图吉利，桡胡子们喊这凼子为“安平”，后来成了“安坪”。屠老幺真是个“活凼子”，到处都晓得。

在巫峡里，屠老幺告诉我几个凼子的怪地名：挑水卖菜、野虎三背、碟子大个天。进了湖北界，在秭归香溪下面还有个“太公八吊”。这些地名完全超出我的想象，我问是什么意思，屠老幺也摇着头回答：晓不得！我也是走木船时听老一辈桡胡子说的。

三

几年后，我离开云阳，调离了食品公司，那几个奇怪的凼子名字却一直跟着我，让我没有忘记当押运员的一路经历。一晃三十多年过去了，终于有一个机会，我对川江地名做了一次比较全面的了解。

川江的滩和石头原来都没有名字，也没有人专门去取,是一代一代的桡胡子随口“喊”出来的，好记、好认，喊的人多了就成了川江的“名”。

这些地名，很多是按外观形象去喊的。宜宾下游不远处有回水沱，水枯时可见河床上有一条像竹笋的长石梁，得名石笋沱，汛期成为碍航险滩；宜宾南溪区城西江中有多个卵石碛坝排列，长达一公里多，好像一个个筲箕反扣在江中，故称筲箕背。沥米蒸饭的筲箕都反扣起了，意思是没得饭吃，说明这滩太凶狠。

川江沿岸相像、相似的地形、物体太多，同名也就多了，叫三块石的有近十处，一般都是岸边有三块重叠的大石头。岸边或江里长而尖的岩石像鸡翅膀，在江中形成水埂，流速快，易擦剐船只，这种叫“鸡翅膀”的在川江有近三十处。川江地名中凉水井、水井湾和青岩子也多，大多是岸边有口水井或岩嘴上长满了青草。

川江地名难听的多：浮尸梁、死人浩、牛卵口、羊卵子石、马尿水、破瓦屋……好听的也比比皆是：琴音沱、美人沱、迎春石、凤凰嘴、金龟碛、金银沱……

川江上随处可见含猪和狗等字的名字，以及含屎、粪的“贱名”：猪肠子、猪脑壳、母猪跳、母猪凼、狗老壳、狗爬滩、鸡屎梁、猪屎滩、狗屎沱、耳屎窝、马粪沱……这些地名基本上都是一些大大小小的险滩，行船极险，我想，是不是叫得贱，藐视它的存在，从心里战胜了它，才能征服它？

这些川江地名中常常出现坝、背、碛、盘、珠、浅、滩、石、梁、角、沱、堆、嘴、湾、浩的称谓，根据字面意思，大多数容易弄懂，而碛、盘、背、堆、珠、浅、浩这几个理解起来有点费劲。

一般情况下，碛，指江中卵石沙坝，汛期没于江中，枯水时裸露；盘，江边或江中大幅而横阔的巨石；背，江边较缓的山包；堆，乱石堆；珠，江中独立的大石头，此称谓习惯主要出现在西陵峡一带；浅，水中比较浅的暗礁，枯水时容易擦碰船底；浩，江中石梁或碛坝叉分江流，靠岸形成的内水湾，上下有出入水口，里面风平浪静，适合泊船，川江上有南溪裴石木头浩、巴南苏家浩、云阳黄水浩等。重庆南岸龙门浩是其中最为著名的“浩”，枯水季节，顺流而卧江中的石梁如长龙戏水，宋绍兴年间有人在石梁中部水口上刻下“龙门”二字，便有了龙门浩之名。明月当空，倒映在浩面波光粼粼，与石梁剪影构成一幅静美的夜景图，被誉为古渝州八景之“龙门浩月”。

四

后来，我在一本清代的古籍里找到“挑水卖菜”的答案：顺流进入巫峡约三公里的北岸悬崖峭壁，古时有一条纤道，船工稍有不慎就会掉下去摔死，连个全尸都没有。船工们聊天时常说：早知这么艰难，宁肯挑葱卖菜挣点小钱养家，也不以拉船为生。故此道称挑葱卖菜，后演变为“挑水卖菜”。

但“野虎三背、太公八吊、碟子大个天”这几个凼子，我仍不知其意。找了几位长航局的老船员打听，他们也只知其名，不明意思，说，这种怪名还多。接着又告诉了我几个凼子：九刻刻、裙边子、横梁马绊、韩公韩婆、烧火佬滩、公公背媳妇滩。“烧火佬”“公公背媳妇”是川江一带男女老少都知道的俗语，耻笑和讥讽公公老汉想占儿媳妇“便宜”，或与儿媳妇有乱伦之嫌，又怎么用于了滩名呢？

好多的老桡胡子、老船员都不在了，如果屠老幺和向船长健在的话，也是九十高龄的老者了，我想，再找不出答案来，这一个个有意思的川江凼子的名字，也许会成为一个个秘密留下来。

磁庄口旦塞江心南漕水急溜泊湧下水船須早為防備
石板滩
洋子溪
半边街
青岩子

滟滪堆

一

瞿塘峡夔门前的江中曾有一座巨大的礁石，古名淫预、犹豫、燕窝石，川江人惯称滟滪堆。今天更多的人知道它，是读了高中语文课本中刘白羽的散文《长江三日》后,记住了朗朗上口的古歌谣《滟滪歌》：滟滪大如马，瞿塘不可下；滟滪大如猴，瞿塘不可游……

每年冬季至来年初夏的枯水月份，滟滪堆显露江面，如牛如马如象大小，江流被阻挡后向四面扩散，船到这里，不识水性的驾长想远远避开，哪知紊乱的泡漩水或回流往往改变其航向，正好撞上去，顷刻间粉身碎骨。夏季川江汛期，滟滪堆或潜入江中，或冒出江面如龟背，江水波浪滚滚，泡漩重重，南宋诗人范成大形容是滟滪撒泼，正张开血盆大口，吞噬行船和桡胡子。过去，每当这个时候，衙门都派有河差监管，不准船家冒险航行，如《滟滪歌》里唱的“滟滪大如鳖，瞿塘行舟绝”。

险象环生的滟滪堆自古不乏诗文描述，李白、杜甫、白居易和陆游、苏辙、范成大以及郭沫若、贺敬之、邓拓……留下了大量的绝句佳章，而杜甫和白居易在多首诗中，都吟唱过滟滪堆的凶猛。

除了凶猛，文人对滟滪堆也有另一种吟唱和传颂。唐代诗人刘禹锡曰："城西门前滟滪堆，年年波浪不能摧。懊恼人心不如石，少时东去复西来。"刘禹锡借滟滪堆的坚忍，斥责外出经商的青年人情感不坚定、易变。

主持编纂《辞海》的现代学者舒新城，带着文人的天真和浪漫，在日记《夔州一宿》中写道："……它峙立江中，昂首天外，好像富有闲情逸致的诗人在那里赏玩山水，找寻诗料。我想：我若能在堆上建一小屋，把所有的书籍都搬上去对着青山流水阅读，暇时垂钓荡舟……"他还真把滟滪堆当成了世外桃源，甚至还"预备雇船去访滟滪堆"，结果轮船上茶房的一句"恐怕你去了不得回来"，才让他打消了念头。

千百年来，滟滪堆制造了无数的血与泪，桡胡子们只有一个办法：在江里沉牛祭神，在岸上修庙拜神，祈求神灵保佑行船安全。

二

滟滪堆如牛如马又如龟，到底有多大？自古没有准确的数据。

南北朝北魏时期的地理学家郦道元在《水经注》中，描写滟滪堆"冬出水二十余丈，夏则没，亦有裁出处矣"。郦道元眼中的滟滪堆，冬天高达六十多米，夏天有时沉入江中，有时冒出江面。

首次驾驶轮船航行川江，与重庆结下不解之缘的英国商人立德，在《扁舟过三峡》这本游记中记述："1883年3月24日，星期六……这一危险的岩石称雁尾石（系音译，应为滟滪堆），黑亮黑亮的，现在露出水面40英尺，夏天洪水季节的大部分时间则被淹没。此时，归州（系音译，应为夔州）当局留住帆船，禁止往下行驶，直至雁尾石露出水面为止。"立德看到的滟滪堆高只有十多米。

1924年，舒新城先生说："我们于五时经滟滪堆，其大不知倍于几千几百只牛……"

不管是中国人还是外国人，也不管是古人，还是近代和现代人，更不管他们是地理学家还是商人与学者，都只是在观其外貌后，对滟滪堆大小进行推测。宋淳熙十二年（1185年）农历正月二十五日，开封人成子昭，驾船到滟滪堆旁，用绳子绑上石块丢入江中，测得滟滪堆水深约八十四丈，但仍不知滟滪堆大小的确切数据。

1958年3月30日10点，毛泽东主席乘坐江峡号轮船经过滟滪堆时，船长莫家瑞在旁边轻声念起了《滟滪歌》。主席问陪同的有关人员：千百年来，滟滪堆阻碍航运安全，何不炸掉它？随即，滟滪堆纳入航道整治计划。

1959年6月，川江航道处测量分队队长徐宗鹤，带领测量人员对滟滪堆进行实测。他坐着小船来到滟滪堆跟前，近距离观察滟滪堆，发现其迎水面为倒崖坎，是一块上大下小呈蘑菇形状的巨石，背水面为陡壁。

徐宗鹤是秭归新滩附近长大的三峡人，会爬山爬崖，但要从倒崖坎的迎水面爬上去，也很难。他选择陡壁的背水面，穿着救生衣，背上拴了一根竹缆做保险绳，十分艰难地爬上了滟滪堆顶部。中途,脚踩落了松动的石块，惊险万分，幸好半崖上有一根生锈的钢丝绳，可能是安置航标或木排经过时留下的，徐宗鹤借助这根钢丝绳才爬上去。

在滟滪堆顶，徐宗鹤和岸上的测量员陆文龙、潘必达相互配合，当天完成了滟滪堆地形图的外测工作，第一次，也是最后一次实测滟滪堆高出水面26米，长40米，宽度不规则，为10至15米，体积达9500多立方米。自古以来，滟滪堆的大小终于有了准确的数据。

三

滟滪堆爆破施工队队长叫郑康年，也是新滩人。在他十岁那年夏天的一个夜晚，母亲破例做了一顿洋芋饭，平时都吃豆渣。一家子吃得热热闹闹的，父亲叫着郑康年的小名说：“马伢儿，我明天去巴东送纤藤，你在家听妈的话，爸回来多带些苞谷糁子做饭吃。”郑康年在读书，第二天，父亲带着大哥和大弟出发了。兄弟俩在岸上拉纤，父亲在船上掌舵。当船行至八斗滩时，突遇大风雨，波涛汹涌，小船在翻滚的泡水中绷断纤藤，船头被浪打转了向，一下子失去控制，被卷进旋涡。岸上的兄弟俩哭着、喊着，奔向下游寻找，终不见父亲和小船的踪影。

第二天，小船被人捞上了岸，但父亲的尸体一直没找到。母亲忍痛卖掉家中仅有的一头肥猪，索回了小船。为减轻家里的负担，郑康年退了学，开始在青滩拉船、舀鱼挣钱。他当时非常憎恨这险滩恶水，幻想能得到一种仙法，把险滩制服。

后来郑康年终于得到了“仙法”。1954年，川江航道整治总队到秭归县招工，在梲业工会做宣传和治保委员的郑康年报名入了队,去北京水利部学习“仙法”—— 爆破技术，然后和治滩队的同事们一起，亲手炸掉了当年危害父亲的险滩八斗滩。

1959 年 12 月 1 日，郑康年领着施工队的十多名干部工人，来到滟滪堆的北岸山坡。因为工期短，为节省开支，他们没搭建临时工棚，也没租当地农户的房子，而是找到一个名叫老君洞的山洞住了下来。

滟滪堆呈蘑菇形状，多面凌空，是采用硐室崩塌爆破法的最佳对象，爆破后的岩石碎块又不需要清运，可直接塌入江底。

施工放线和布设控制点也需爬上滟滪堆顶操作，郑康年划着小木船绕滟滪堆看了几圈，也只能借助那根留下的钢丝绳往上爬。他爬到一半时，同样踩掉一块松石，人“嗖”的一下滑下来，但手仍然抓着钢丝绳，掌心被磨得火辣辣的痛。他想继续上爬,实在无力，连拉着钢丝绳歇一下的气力都没有了，只好退下来休息。这时，小木船上的年轻船工见郑康年太累了，说他去试试。结果还没爬到郑康年一半的高度，就支持不住退了下来。

郑康年休息了一会儿，脱掉鞋子、袜子，戴上手套，鼓起勇气又爬，终于爬上了滟滪堆顶。他用钓鱼的方法,在顶部伸出一根竹竿，竿头系着有标记的测绳，将爆破需开挖的两个平硐洞口高程确定了出来。

12 月 4 日，工人开始在迎水面的岩壁上开挖平硐，洞口离当时水面高约一米，硐开挖进深五至七米后转弯，再开挖支硐和药室。硐室开挖采取爆破掘进的方法，先用风钻打孔，然后爆破，再出渣。爆破时，给风钻供气的空压机船要驶离滟滪堆，避让到安全地带。完成这样一个掘进过程，一般需要三四个小时，每天只能循环作业两次，硐室掘进速度缓慢。风钻工李先连想了一个办法，空压机船可以停远一点，把送风管牵引过来。但送风管不能涉水，便从岸边架设一条悬空竹缆索道，送风管依附竹缆牵到滟滪堆顶，再顺岩壁引入硐室。这样，每天钻孔、爆破、出渣，可循环作业三次，提高了工效。

开挖支洞和药室时，因转了弯，硐内没有光线，爆破施工绝对禁用明火和电灯照明。施工技术人员在硐室转弯处安置一面平面镜，把洞口透进来的光线折射到支硐和药室，既安全又解决了照明难题。

硐室开挖成形用了七天时间，12 月 11 日夜间开始装药，一共装了 3500 公斤。第二天下午 3 点 25 分，通电起爆，“轰”的一声巨响，滟滪堆向背侧倒塌，夔门前的江面上掀起巨大的水柱，霎时，如牛如马如象的滟滪已无堆。

为满足大型船队和拖排的航行要求，1960 年 12 月 18 日，川江航道处再次对滟滪堆进行清底爆破，“瞿塘行舟绝”的情形终于成为历史。

關歲灘係枯水極險之處南有雞翅石北岸亂石堆集兩岸夾束以故江面甚逼而水勢甚急其中又有石磔一道自南至北橫亙江心漩折窩深上下行舟小心為安
雞翅石
古林沱

粪码头

一

“倒——尿——罐——”

每天天刚蒙蒙亮，巷子里准会响起一阵吆喝，嗓门不大，但在宁静的清晨显得格外清脆，总有一种睡意被打扰的感觉。

“吱呀！”“叽嘎！”不一会儿，接二连三的木板门声响起，走出一个个头发蓬松的女人，或睡眼惺忪的小女孩，也可能是个蹒跚的小脚婆婆，清一色的女人。提着或端着一只只尿罐，朝吆喝人旁边的木粪桶走去……这是20世纪70年代川江边小县城的一幅市井生活图。

那时候一家大小挤在平房里，即便是少有的住在两三层的楼房里，也一样没有卫生间。夜晚要方便，家家户户备有陶制的尿罐、夜壶。我妈妈在邮电局当话务员，经常上夜班，家里倒尿罐的活自然落在了大妹妹身上。大妹妹从小生得漂亮，喜欢打扮，讨厌又臭又脏的尿罐。

每次倒了尿灌清洗的时候，要么用开水想烫去臭气，要么气呼呼地拿竹刷把狠狠戳，捣坏了好几个，没少挨骂。

重庆城的人爱面子，下午的时候，上班上学的都不在家，街上行人又少，收粪人这才上门。一般也不直呼“倒尿罐”,而是喊:“倒罐子啰！”“倒桶！倒桶！”我们巷子波儿的奶奶年轻时住在重庆城，她给我们讲，以前重庆城挑粪的粪夫要穿号衣，大白天不准上街挑粪，粪桶不能装得太满，免得荡出来，要盖个木盖子。

沿街收粪人是郊区农民，什么都缺的年代，把粪便当个宝。小时候我在乡下看三爸给地里的菜淋肥，清汤汤的猪粪水，边淋边对我说：“要是有你们城里那么肥的粪便就安逸了。”过去重庆把城市粪便当肥料管理，有专门的肥料管理所和公司，属事业单位，市里的城肥领导小组则由副市长当组长。

我们巷子那个收粪人姓向，五十岁左右，中等个子，脸瘦削，光头上一年到头扎裹着一圈白布帕子，冬天暖和，夏天揩汗。他家在江对岸七八百米高的水磨梁子上，生产队派他来城里收粪，每天鸡叫第三遍出门，坐最早一班轮渡到县城。收满一挑粪后往回挑，过了渡，一直爬上坡，到家不超过早晨八点，正赶上队里出工，又忙农活去了。这么辛苦，就为一挑粪。他说：“城里的粪便肥，回去后还要和猪粪和水，才淋庄稼。”

尽管生产队每个月给每家每户都付了粪肥钱的，老向还是时常带点季节性的新鲜菜，或者他自己编的几只刷把、筲箕等小篾器，送给我们。

一天清晨，巷子里新来了一位收粪人，大家认为是给老向打替的，也没多问，再说早晨的时间紧，纷纷倒了尿罐回屋忙。不一会儿老向来了，比平时稍晚了点，知道粪已被人冒收，心痛得当场快哭了。

二

20 世纪 70 年代末，重庆街巷，一个大年三十，天已经黑了，飘着绵绵细雨，地上湿漉漉的，很冷，一位大学生模样的年轻人快步往家里赶。当他路过离家不远的一个公厕时，看见那里蜷缩着一个守粪农民，双眼直盯着粪池，麻木的神情似乎忘了这是除夕夜。大学生顿时一震，同情、怜悯、感慨……复杂的情感一一袭来。他后来创作了一幅《守粪农民》的油画草稿，几易其稿后定名《父亲》。

这名大学生叫罗中立，后来成为四川美术学院的院长，“守粪农民”触发了他的灵感，使他创作出中国当代美术史上里程碑式的作品。

川江沿岸城镇的公厕，按计划分配给近郊农村生产队用肥，重点是蔬菜队。队上一般安排年老体弱的社员照守，以防其他队的社员“偷粪”。有些城镇的公厕由各生产队轮流挑，以十天或半月为限。城里单位、厂矿厕所，要有熟人介绍才挑得到。我读的小学有两个厕所，分给了学生“学农”的郊区公社用肥。

我们巷子有个下乡知青，小时候衣服口袋里常装着炒豌豆当零食，经常“扑哧、扑哧”或“砰、砰”的放屁，大家给他取了个诨名“豌豆”。临下乡时，他通过父亲的关系，把单位的一个厕所包给自己落户的生产队，算立了大功，当上生产队保管员，活路轻松，其他知青都很羡慕。

一些远郊县和邻近的四川广安等地的农村，不属重庆供肥范围，有一段时间严重缺肥，近百个公社的社员跑到重庆城里“抢粪”。他们不分白天黑夜，每天进进出出，自己上厕所捞取、挑运，粪车粪桶随处可见，粪便四处泼洒，导致街巷里污秽不堪，臭气熏天。重庆城立即采取措施，赶快实行发放“城肥供应证”和“准运单”的办法，才禁止了“抢粪”。

清代的时候厕所叫“茅司”，公厕称“官茅司”，巴县知县聘了专人管重庆城官茅司的粪便清运。重庆建市后，由公安局管官茅司，后来公安局改名警察局，一直负责或配合卫生局管理官茅司以及街道卫生。当时市民捡了死老鼠也交到各警察所，每只奖五分钱。

抗战期间，重庆城有两类茅司——官茅司和保甲茅司。当时人口激增、公厕被炸，入厕难，政府传令镇长、保长，发动民间力量建保甲茅司，入茅司收费，每人每次两分，并准许卖揩屁股的草纸。当时江北城外三洞桥一带躲难的市民很多，他们在荒山、徒坎下搭建竹木棚栖身，土里挖一个坑，埋只大瓦缺，周围用茅草围起，就成了茅司。重庆城最多的时候有二百多个保甲茅司，粪便由粪商雇人清运，官茅司则由粪帮清运，最终都卖到近郊的农村当肥料，粪商、粪头、粪霸由此纷纷出现。以前，重庆城有个“五花帮”运粪、卖粪，每挑二至四角钱不等，还向居民收取倒罐费，两头赚钱。

20世纪80年代初，我刚参加工作时，单位厕所的粪肥以每年五百元的价格卖给了郊区蔬菜队。每到年底，蔬菜队队长准时来交下一年的粪钱。我们单位一百多号人，团年等着这笔钱，人秘股老邹负责这事。

有一次团年，大家正吃喝得高兴，老邹冷不防冒出一句："我们吃的都是'粑粑'钱。"话是实话，但惹来那些妇女们一阵臭骂，抓住他，灌了一碗酒。

三

公厕粪便当肥料时，没建沼气池，用肥的生产队随时来人挑，不然会溢出粪池。他们一趟一趟地挑到江边码头，在岸上挖有大坑储存，坑壁用三合土敷平，不渗漏。每过十天半月，生产队来船来人，把粪肥运回去。这些储粪坑装卸时又脏又臭，影响环境，为此专门设了粪码头。

万州城的粪码头在窑灰坝，远离客货码头，人很少去。奉节城郊西坪的粪码头，当地人叫"粪栈房"，这个名字有意思，久而久之成了地名。栈房是存放货物的地方，也是旅馆、客店的意思，今人普遍只知其为旅馆名。

重庆城朝天门、望龙门、菜园坝和临江门、千厮门、牛角沱等江边，多时有二十几个粪码头，每年运粪肥近十万吨，上至川江沿岸的巴南、江津，下到长寿、涪陵、丰都一带农村，有几十上百公里的水路。旧时重庆民谣《重庆歌》，有一句说的就是粪码头："临江门，粪码头，肥田有本。"

从公厕到码头的储粪坑，社员挑粪穿过许多条街巷，路人老远都捂着鼻子躲开，有人还会鄙夷地吼叫道："好臭！""擦到我衣服上，要你赔！"川江沿岸离城不远的农民，常坐轮渡、赶场船或揽载船进城卖菜，回去时顺便带一挑粪。船头摆满了粪桶，上下旅客都皱着眉头、捂着嘴鼻吵骂。挑粪的农民习以为常了，并不理会，一心只想着把粪弄回去。

重庆城公厕的粪一般不用挑，用人力车拉，两只胶轮的木板车，安了一个很大的卧式扁木桶装粪。山城重庆到处是坡，下坡时，肥料公司的掏粪工，双手用力压住粪板车拉扛，使车尾翘起来，与扁木桶的重量持平，跟打跷跷板一样，一路狂奔，那步伐就像打篮球时上篮的三大步。待车速飞快时，一屁股歪坐在一侧的拉杠上，脚尖不时点地，控制车速和方向，不一会儿就到了码头。岸边有一条 U 形木槽架到江边，打开扁木桶底的小插板盖，粪便哗啦啦地顺着木槽流到了坑里。这个拉粪板车的过程被称为"三大步"，年龄大一点的重庆人都晓得。

生产队的粪船是木船，舱之间没有隔板，是一个大舱，装得多。我们巷子那个知青“豌豆”，他队上的粪船从县城一回来，全队社员都要出工，当天必须把船上的粪挑下来，转到庄稼地的粪坑，不然会腐蚀船板，特别是存放久了的粪便。可生产队从江边到山顶都有庄稼地，空着手走上顶都要一两个小时，再怎么努力，当天也挑不到山顶。于是又要在河边挖几个大坑储粪，然后再慢慢转挑。

有一天正遇下雨，“豌豆”挑着一担粪，从粪船的跳板往岸上走，突然脚下一滑，掉进江里，粪桶扣了下来。他根本不敢凫出水面，埋头钻进深水里，游了一大圈才爬上岸，结果还是一身的粪臭。挑粪的社员们乐得哈哈大笑，“豌豆”心里一阵酸楚。尽管如此，队上的青壮劳力，包括“豌豆”，还是喜欢挑粪，因为工分最高，一天十二分，值四角多钱。

挑完粪，船舱要清洗干净，才不会被腐蚀。

四

又快过年了，一天，买我们单位粪肥的那个蔬菜队队长来了，找到老邹，说:“邹股长，明年这粪，我们不挑了！”老邹一听，犯傻了，粪没人挑，坑满了咋办？那时又没沼气池。好说歹说，不卖一分钱，也要请蔬菜队帮忙挑走。念其多年的供肥关系，队长答应了。

很快，一年过去了，蔬菜队长又来了，说：“现在包产到户，我也派不动社员来挑粪了，他们都用化肥，又简单又干净，你们另想办法吧！”老邹脑子很灵光，说：“那每年给你们五百元，算是社员挑粪的工钱，怎么样？”

不知他们商量的结果如何，年底，我拿着调令离开了家乡小县城。

東洋灘水
微漲時極
險之處因
江心堆集
乱石水势
激盪上下
舟隻每易
沉溺道光
五年知府
思成捐廉
撿除舟行
較前順利
東洋
天理良心

石灰沱可
挽下水船
石灰沱

歇　凉

童年的夏天，每天太阳偏西，我都用凉浸浸的井水把屋前的坝子淋遍。热滚滚的地面，水一会儿就被吸干了，得再淋上一次，差不多这个时候太阳落山了。等地面的水又干了，酷热也退了，我搬来矮矮的长板凳，抱出竹连竿儿席，搭上夜晚歇凉睡觉的床铺。

一眼望去，同街的细娃儿也纷纷在自家门口搭好了凉床，有的人家还搬出小桌、小凳，在街沿口一边歇凉，一边吃起泡豇豆下绿豆稀饭的晚饭来。家里细娃儿多的，或者住着几户人家的大杂院，屋门前的坝子不够搭凉床，还没等太阳偏西就要去占位置，离屋门口近点，不然搭到较远的地方，下半夜冷起来，或突遇下雨，撤床回屋时，没门口的快捷、方便。

搭好凉床，街口那边就会准时传来熟悉的吆喝："卖蚊烟哟——卖蚊烟啰——"坝子夜蚊子多，蚊烟必买不可，很便宜，三分钱五支，卖的人自己做的，我见过制作过程。在锯木面儿里混合少量的"六六六粉"，用灌瓶打酒的那种漏斗，灌进事先糊好的纸筒筒儿里。纸筒筒儿只有大拇指粗，边灌边用铁丝捅，才灌得饱满，点着后不至于中途熄灭。每晚我有两支蚊烟就足够了，点到天快亮时已经凉快，就要回屋睡觉。即使不回屋，起露水后，蚊子都吃露水去了，不再咬我。

夜晚，躺在坝子的凉床上，看满天繁星，有时会有一颗流星拖着长长的尾巴划破天际。大人说，这是星星“屙屎”。我常想，如果有一天我睡着了，这“屎”会不会掉到我脸上？看着、想着，慢慢进入了梦乡。

深夜里，偶尔会有“啪嗒”的声音响起，不知是哪家的细娃儿“不老实”，睡了个“月亮落土”——滚到了地上。惊醒的会马上爬起来，回到凉床上继续睡，憨憨的就睡在了地上，第二天起来满脸是灰，逗得大家哈哈笑。

夜晚歇凉听大人摆龙门阵、讲故事，是我们这代人当细娃儿时再寻常不过的事。听故事的地方比较固定，一般都在街的中心地带，那里住家人户儿多，屋门前的坝子比较宽敞，最关键的一点，主人家喜欢热闹、好客，早早准备了板凳、椅子、蚊烟和一大盆老鹰茶。

牛郎织女、桃园三结义、八仙过海，以及林海雪原、铁道游击队等古今故事、传说都有，但最多的是“鬼故事”，惊悚、恐怖。我尽量不去喝老鹰茶，不然中途尿胀了，外面黑洞洞的不敢去屙。

听完故事和一群细娃儿回家，街上没有路灯，偶尔从住家人户的门缝儿透出点亮光。经过漆黑的巷口，或摆过死人棺材的地方，我就一个劲儿往前冲，生怕落在了后面，那披头散发、嘴里吊着长舌头的恶鬼会突然从身后扑上来，抓住最后面的人。每当这个时候，胆大的娃儿“呼”的一下跑到最前面，大喊一声“鬼来了”，吓得胆小的扑爬连天地跑，时常跌破了手脚。尽管这么害怕，每晚我们还是忍不住去听“鬼故事”。

后来，姑妈教了我“驱鬼”的办法：放一块红帕帕儿在身上，遇到鬼时拿出来挥舞，鬼怕红色，就不敢靠近了。那些赶夜路的人，在星稀月明的夜晚也打着火把，就因为火是红的，可以驱鬼。姑妈说，如果不怕痛的话，也可以咬破中指，把血洒出去，鬼被血凝住了，就不能动弹。

夜晚歇凉，我也听姑妈讲故事：八月十五的夜晚河里开莲花，看见的人一辈子不缺吃穿。有一年，一个道士赶路时碰巧看见了，一下子扑上去，立马成了仙。我也想看莲花，姑妈捂着胸口说：要把良心放到当中的人才行。我一生都记得这句话。“天上的月亮不能用手指，夜里会下来割耳朵。”姑妈告诉我的这个传说，很多人小时候都听过，却把它当成了迷信。我长大后把它写成故事，充满童趣，后来被收进了小学语文阅读教材。

暑假午后的太阳正辣，背着大人下河洗澡，是细娃儿最喜爱的凉快方式。为躲避大人的视线，同街的细娃儿不一起去，午饭后不约而同地来到河边。我在河边被姑妈捉住的那个夏天，早已学会了各种游泳花样儿。

暴雨后的齐头水会在河边留下稀泥带，我们光着屁股在上面滚满稀泥，然后躺在卵石滩晒太阳，又凉爽又暖和。河边的稀泥带晒干后，表面龟裂成一块一块的泥干，我们搬起来，用竹篾片刻成各种的泥干动物。刻得最多的还是手枪，刻完后拿回家再用墨汁涂黑，觉得像把真枪，在缺少玩具的年代，握在手里感觉像英雄人物一样威风。

每天在河里泡到全身发冷，穿衣服时牙齿打战了才上岸。在水里泡久了，身上水干后，用指甲会刨出一道道白印子，晒得黑亮亮的皮肤更显得清晰，大人都用这种办法检查细娃儿是否下河洗澡了。回家路上，细娃儿们从地上抹一些灰，擦到手臂和腿上，刨出的白印子就不那么明显了。

其实在身上抹灰，根本躲不过大人的眼睛。我上岸后不忙着回家，约两个细娃儿一起去看娃娃儿书。书摊摆在楼门洞里，算是阴凉坝儿，却还是很热，看书时流一身汗后，就刨不出白印子了。一本娃娃儿书一分钱，摊主规定最多只能三个人同看，出钱的拿着书坐在中间，没出钱的在两边凑着看，我们三个轮流出钱，轮流坐中间。后来其他的细娃儿都知道了“看书流汗”的办法，下河洗澡后都结伴儿来看娃娃儿书。

楼门洞的墙上拉着一排排细麻绳，挂满了娃娃儿书，想看哪本自己选，我记得的书名有《捉舌头》《奇袭白虎团》《儿童团长》《地道战》《地雷战》。有一种成套的娃娃儿书，没挂在麻绳上，摊主用木箱子装着：《铁道游击队》《烈火金刚》《敌后武工队》《林海雪原》等，每套几本至十本不等，每本两分钱一借。

听一个细娃儿说，摊主还有一套几十本的娃娃儿书叫《三国演义》，非常好看，但只能去她家里借。我看过其中的《赤壁大战》和《火烧连营》，没看懂内容，就没再借了。

楼门洞里的娃娃儿书摊儿，陪伴了我童年的每一个暑假。

寶塔灘急溜洶湧
行船切毋大意
大沙壩
寶塔子

福沱子灘
大水出險
福沱子
虎刺子
南漕

撬 刀

旧时，开县的偷儿“做活路”都用撬刀。刀长不足一尺，三棱形，每棱带刃，锋利无比。用竹筒装好，别在后腰带上，伤不到自己，又隐蔽，取用也方便。

民间传说用撬刀撬墙，不管土砖火砖，砖缝儿的灰直往下落。如果捅人，伤口呈 Y 形，不好缝针不说，再好的医生缝起后留下的疤痕都难看。听我姑爷摆龙门阵：生他那年，有天深夜，一个偷儿用撬刀尖偷偷拨他家门闩。他老汉惊醒了，拿起一把菜刀，轻脚轻手走到门边，只等偷儿伸头，便一刀下去。门闩拨得很慢，老汉用菜刀在里面轻微地帮力。当第二根门闩拨到一半时，门外偷儿突然住手，溜了。可能是老汉帮的力稍稍重了点，偷儿觉察到了。

惯偷儿薛太白请铁匠铺打撬刀，都是擦黑无人时去，不说话，用手比画。拿到撬刀后，当晚“做活路”的收获，不管多少，薛太白都会孝敬铁匠。这是老辈留下的规矩。

开县城的百姓都知道薛太白是惯偷儿，认得到他的人也多，但只能干瞪眼。捉贼要捉赃。

有一年年关，县城老关嘴几十家人户儿挂着风干的香肠腊肉被“抹竿竿儿”。老关嘴在城外东河岸边，全是住木板房、吊脚楼的穷人户儿，好不容易办点年货却被盗，大家非常气愤，认定是薛太白做的活路。

这次县太爷听信民言，把薛太白捉来问案。但他死活不认账。就在当晚，城里狮子楼街一带又有十多家商户被盗，窃物仍是香肠腊肉。县太爷只好放了薛太白。

我姑爷说，薛太白会遁法。只要有一盆水，他坐在里面，拿箩筐一盖，人就走了。上可到重庆，下能去夔州、宜昌。如果中途被人揭开箩筐，他就再也回不来了。薛太白被关在牢房后，遁出去，做了同样的活路，以证明老关嘴的案子和他无关。

后来薛太白专偷香肠腊肉，并留下一句顺口溜：“手里拿着撬刀把，要吃腊肉咧几下。”

有一天，薛太白又出去“做活路”了。刚走不久，他佑客在堂屋听到阳沟后面有响动。于是，手拿一竿扬叉，走到里屋的墙边等着。不一会儿，墙砖从外面被取下几块后，露出一个洞口。说是拿撬刀的偷儿都会一种“松骨术”，头只要能伸进洞口，便使法，全身的骨节“啪啪”作响，一会儿身体变软而收缩，就很顺利地钻过洞口。

这时，薛太白的佑客见一个人头刚刚伸进来，一下子用扬叉叉在头后的脖子上。这头进不来，又退不出。然后，她回到堂屋做事去了。

晚上，薛太白背着一袋腊肉回到家里，马上叫佑客煮一块下酒。

酒菜很快上桌。佑客说：“你不请兄弟伙一起来喝酒？”

薛太白回答：“你牙巴痛哟，歪起嘴巴乱说。明明我来回一个人，哪来的兄弟伙？”

“不信，你到阳沟后头去看看。”

不一会儿，薛太白拉着一个年轻人的衣袖回到堂屋。年轻人嘴里不停地念道：“对不起，对不起，薛大爷，我不知是您的家。饶我一回，薛大爷！”

薛太白把年轻人拉到桌边，说：“来来来！坐下喝杯酒。”然后坐回自己的位置，叹了一口气：“唉——撬来撬去，撬到各人头上了。”

第二天，薛太白头一次在白天来到铁匠铺，不再比画，直接开口说话：“回炉！”说着，从腰后取下撬刀竹筒，连盖子也不打开，丢给了铁匠。昨晚，他和年轻人喝酒时互相发过誓：从今起，永世不再摸撬刀。

明陳文燭謁
張桓侯廟詩
雲安縣有桓
侯廟古木懸
岩共墓烟傳
說頭顱曾此
瘞可知肝胆
更誰倖河山
割據非當日
風雨蕭疎似
漢年若問吳
宮垂魏寂那
能永奠大江
邊明汪安宅
詩 桓侯忠
義鉄心肝雲
怕孫高雪怕
寒惟有五峯
祠下水年々
獨濯漢纓冠
雲陽縣
桓侯廟

東洋廟磯灘當際
下水貨船載重挽
泊新軍提撥以便
下灘
新軍

傘把溪水枯時
南北兩岸多淺

淘米金南漕水
泡漩洶湧舟行
馬口子
淘米金

食部

CHUANJIANG CIDIAN

SHIBU

好吃佬儿

川江行船险象环生，凶猛的险滩、暗礁和湍急的江水，随时都会吞噬柏木帆船和桡胡子。旧时俗话说，挖煤的炭狗子“埋了还没死”，而桡胡子则是“死了还没埋的人”。

川江桡胡子是有名的“好吃佬儿”，也许对于“死了还没埋的人”来说，“吃”是最实际最实惠的事。走一趟水回来，揣着船老板刚结的身钱急急忙忙往家赶，不光是为了见佑客娃儿，还要抓紧弄吃的。再回船的时候，都拿出家里带来的食物，五花八门，居然凑成了一桌席。

航行途中天黑尽了，找一片开阔的卵石滩，歇好船，开始弄吃喝。柴火去河滩捡，卵石缝里卡着上游冲来的树枝，多的是，早已被风干、晒干，叫水湿柴，易燃又经烧，随便走一转儿，就能捡回一大捆。再顺手搬几砣大卵石垒起，架上一只铁鼎罐，把各自带来的食物，不管生的、熟的，合汤合水倒进去。麻辣、鲜香、咸甜，什么味儿都有了，滚烫的一大锅，称之“连锅闹儿”。

黑夜的火光闪烁中，一只大土碗装满高度“老白干”，在围着鼎罐的桡胡子手里轮番转，喝一口，传给下一位，夹起筷子在鼎罐里捞一箸菜。这叫喝转转酒。夏天时大汗淋漓，舒畅、痛快，冬天吃得全身暖和，除湿、驱寒。带来的食物吃光了，还是架上铁鼎罐，倒进上顿的剩菜，再放些花椒、泡椒、老盐菜、豆瓣酱，熬一锅麻辣味儿的油汤，烫吃着白菜、灰毛（豆腐）、洋芋，喝一碗老白干。这样心里才爽，躺下才睡得着。

旧时“戏子”在台上亲亲热热扮成一家人，下场后立马散了，各顾各回了家，衣食是“打伙找来五裂吃”，而桡胡子恰恰相反——“五裂找来打伙吃”：把各自带来的食物凑在一起，在鼎罐里“连锅闹儿”，打伙吃得开开心心。

桡胡子的“连锅闹儿”被江边的苦力、脚夫学了去，真是不错，后来又传进普通百姓人家，久而久之，演变成现在的“重庆火锅”。

酒是桡胡子的命根子，几口下肚，红通通的脸上泛着光泽，疲劳和寒气全跑了。每个桡胡子的家里，都有一只泡着药酒的大瓦罐，常年没有干过，是桡胡子的佑客为桡胡子准备的唯一的礼物。桡胡子什么都可以不要，唯独这酒离不了。回到家里，佑客总是想方设法弄几个下酒菜，几杯酒下肚，桡胡子的眼睛打起架来。这时，佑客打来一盆滚烫的热水，让他好好烫个脚，夏天解解乏，冬天驱驱寒。烫完脚，他便一头钻进被窝，一会儿，如雷的鼾声响了起来，白天的一切忧愁与苦难都跑得光光的。第二天一早，没打一声招呼，桡胡子就走了。

如果有一天，男客（丈夫的俗称）随船去了，永远回不来了。佑客默默地抱着那只大瓦罐，扔进川江的回水沱，然后，默默地养育桡胡子的儿女。儿子大了，送去当桡胡子；女儿大了，嫁给桡胡子……

如果说酒是桡胡子的命根子，茶则成了桡胡子的精神。

桡胡子爱喝青茶，这种茶过瘾。青茶不是绿茶，清明后茶树上的嫩芽长出三四片后才采摘，揉捻时用力轻，保留了叶片更多的青涩味儿，泡出来的茶汁呈褐色，如同桡胡子的皮肤。茶味儿特别苦涩，但回味余长。

我家邻居吴大伯，早年在川江柏木帆船上当驾长。每天清晨，他第一件事就是泡茶。抱着一盅热茶，串东家走西家，连早饭都不吃，也没见他有胃痛之类的毛病。他泡茶要放上半盅子茶叶，搪瓷盅子里面被泡上了一层厚厚的黑黢黢的茶垢，就是不放茶叶，冲进去的开水照样有茶味儿。不知是他看重那又黑又厚的茶垢，还是因为搪瓷盅子是县上“大领导”奖给他的，反正从没离过他的手，虽然盅子上的“先进生产者”几个字他一个都不认得。

吴大伯当驾长那会儿，他在船上选择土瓦罐贮藏茶叶，这样不会跑了茶叶原来的气味。一般的瓦罐太小，用瓦缸又太大，他居然买了个瓦尿罐，说不大不小正合适。

桡胡子可以赤裸着身子浸泡在寒冷的江水中，但每逢下雨天，一定会头戴斗笠，身披蓑衣，雨水是生水，淋了头和身子会生病。吴驾长规定，斗笠和蓑衣不准拿进船舱，衣服被雨水打湿了，马上换上干的，连手上的雨水也得擦干。生雨水有腥味，会冲淡茶叶的清香。

行船途中，经常遇上感冒咳嗽、牙痛、火眼这些小毛病，只要在茶汁中放点食盐，每天喝几次，很快就好了，吴驾长称之为茶疗。他茶疗的单方很多，醋茶、蜜茶、枣茶、萝卜茶、丝瓜茶等数十种，可以医很多的小毛病，全装在他肚子里，谁需要，马上倒出。

后来，吴驾长走了，那只心爱的搪瓷盅子作为“衣禄罐”放在了墓穴。吴驾长生前说：在阴间我也要用它喝茶，我会保佑你们的。

家里人只好依了他。

馬陵子小南
漕水行舟須
當小心下水
船如遇上風
宜停避可也
馬陵子

馬糞沱

打屁虫

20 世纪 80 年代中期，一个大雾的冬晨，我押送的运猪船扎雾，停靠在回水沱岸边。船员们冷得躲进舱里，躺的躺，坐的坐，有的抽烟，有的发呆，无聊地等待雾散。只见水手长屠老幺戴起一双手套，拿着一条装过化肥的尼龙口袋，对我说："走！去弄点下酒菜。"

我跟着他下了跳板，朝沱下面的碛坝走去。川江碛坝就是卵石沙坝，汛期淹没于江中，枯水期裸露。浓雾中的屠老幺寻着一块卵石，弯腰，翻开，里面蛰伏着一两只硬壳翅膀的黑虫子，指甲般大小，像冻僵了，一动不动的。屠老幺立即把它捉入袋中，然后又去翻下一块卵石。我以为他捉了这虫子当诱饵钓鱼，可没见他拿渔竿。

虽然疑惑，我还是朝手心吹了一口热气，帮着翻卵石，寻找小虫子。"臭，这虫打屁！"屠老幺脱下一只手套，扔给我，"戴上！"他翻着卵石块说："这叫打屁虫，躲到卵石底下和石缝里过冬。你不戴手套，它打的屁会把手指熏黄，臭气好久都洗不脱。小时候我没得手套戴，就笼一只旧袜子。"

我看了手表，快半个小时了，袋里的打屁虫应该不少了，就问屠老幺："还要捉？钓鱼够了嘛。"

"哪个说要钓鱼？"屠老幺回答，"这打屁虫就是下酒菜，还要多捉点才够一碗。"

这种丑陋的小虫子，我平时看着都害怕，想着要吃进嘴里，身上立刻冒起鸡皮疙瘩，说："吃这虫子，闹不闹人哟？反正我不吃。"

屠老幺伸起腰说："要得，你莫吃，免得不够。"接着他给我摆："小时候去江边捉打屁虫回家，母亲炒了，吃起来满嘴生香，我们叫'五香虫'。有时捉得多，我拿到街上去卖，两分钱一小勺。一个冬天能卖几块钱，补贴家用。"

这时大雾已散去，太阳快出来了，身上暖暖的。有时翻开卵石块，捉住一只，其余的却飞跑了。屠老幺提起的尼龙口袋有了沉沉的感觉，说："回去！太阳出来热和，打屁虫不好捉了。"

回到船上，向船长说，吃了午饭开头（即开船，忌说，含破船之意）。屠老幺马上忙碌起来，船员们也都围过来看热闹。

屠老幺烧了一锅水，快开的时候，倒进一只要锈烂了但还能装水的小铁桶里，再把打屁虫一股脑儿倒进去。桶里的水不断地鼓泡、冒气，打屁虫把臭屁排在了热水里。屠老幺说这叫烫杀。水凉捞出打屁虫后，他把锈铁桶丢了。怪不得找了这么一只烂桶。打屁虫倒进铁锅里，屠老幺不停地翻炒，不一会儿全炕枯了，然后慢慢变得油浸浸的。打屁虫身体含油多，不需再放油，屠老幺只撒了一点盐，炒几下就起锅。他边往碗里铲边说："要是有葱子放一点就安逸了。"

一个船员从屠老幺端起的碗里夹起一只打屁虫，丢入口中，嚼得扑嚓扑嚓的，嘴上说道："好香！"大伙纷纷尝了起来，连声叫绝。屠老幺把碗放在桌上，侧头对我说："尝一下吧，保证你今后还想吃。"强烈的好奇心促使我夹起一只，喂进嘴里，一咬，先是脆，然后香，且越嚼越香，味美无比。吞下肚，嘴里还留着一种特殊的脆香味儿。我已不再惧怕它的丑和毒了，手又伸向桌上的碗……

屠老幺喝着酒给我们摆龙门阵："小时候我晚上睡着了，尽在铺上撒尿，特别是在冬天。只要我妈一晒棉絮，同街那些细娃儿就冲着我喊'撒尿鬼儿，撒尿鬼儿'。后来，我老汉儿认识一个老中医，说吃了打屁虫，就不尿床了。这样，严冬的早晨，我跟着老汉儿开始到河坝去捉打屁虫。”

屠老幺说，还听老中医摆，明朝的时候，四川有个将军叫何卿，脾肾亏损，为了壮阳，将炕得半熟的打屁虫和陈皮、车前子等中草药一起，打成粉末，炼土蜂蜜搓成药丸，早晚用盐开水或在酒中放盐吞服。屠老幺说，这是古医书上说的。

我和船员们都不信，只对他吃了打屁虫后，还在铺上撒不撒尿感兴趣。屠老幺回答，记不得了，只记得打屁虫的香脆。

“哦，还是撒尿鬼儿！”我们起哄着散去，然后各就各位。向船长说马上开头了。

大帳
小帳

小五林磧上游一帶名曰三腰腿河
小五林磧

苏麻子

谢老八是大队副业船的前驾长，他们船走县城，每天一个来回。我妈妈在乡下工作，有时买到鲜猪肉后，托谢老八带回家。那时候没有冷库，县城大半年时间都供应盐腌肉。川江汛期，江水时常涨退，船靠头不好找漕口，上下跳板危险。我去取肉时，谢老八总是给我提下船来。

有一次妈妈休假回城，带回消息说，谢老八得了肝硬化，治不好，也没钱治，只有回家等死，好可怜。我听了，心里也不好受。可一年多后的一天，谢老八突然来到我家里，提着两条水米子鱼，笑嘻嘻地找父亲帮忙买袋洗衣粉，这东西要供应票。父亲在惊异中帮他买了洗衣粉，并坚持给了两块钱鱼钱，最终摸清了他的病由。

谢老八在县医院拍了片子，真的检查出了肝硬化。当时医生摇摇头，悄悄给他佑客说：回去多给他煮点好吃的吧。言外之意很明确。农村人家穷，哪有什么好吃的，谢老八跑副业船，也只是在队上记工分，并不比其他人户儿好到哪里去。家里喂了一群鸡鸭，可鸡不能动，要下蛋换钱买油盐，佑客便杀了鸭子炖给谢老八吃。鸭子油水少，佑客到坡上扯回一把苏麻子，炖在里面。苏麻子里含油。就这样，谢老八把家里的鸭子吃完了，仍然活得好好的，又有了精神。谢老八两口子奇怪了，找城里的亲戚帮忙打探究竟。亲戚问了一个以前的老中医，谜才解开。说古药书上早有记载，苏麻子可调中，益五脏。换句通俗话说，吃了苏麻子，对肝、胆、脾等都有好处。

20 世纪 70 年代中期，苏麻子深深地“种”在了我心里。

我真正认识和吃到苏麻子，是四十年后。一个下午茶的时间，在乌江边的吊脚楼里，一位苗家姑娘端出一盘烤红苕和一碟黑乎乎的粉面状食物。见我们带着疑惑，她让我们掰开红苕，撕开烤硬的苕皮，再沾上这黑乎乎的东西送进嘴里。这黑东西油润润的，吃起来好像没什么味儿，但如芝麻一样香喷喷，配搭上热烙烙、面噜噜的黄心烤红苕，真是别有一番风味儿。

“好安逸的茶点！”我欣喜道，赶忙问姑娘，“这沾的是什么呀？”

她爽朗地笑答：“苏麻子。”并解释道：“它的颗粒是棕色的，比芝麻稍微大一点。先在铁锅里炕香，然后用石舂钵捣碎，油浸浸时就成了。过年时，我们还用它拌白糖做汤圆心子。”

姑娘接下来又告诉我们，苏麻子是紫苏结的籽。紫苏为草本植物，种类非常多，叶片呈心形，颜色有紫、青和面青背紫三种。乌江边主要生长糠苏麻与油苏麻。苗家人和土家人喜欢在苞谷地里套种油苏麻，籽含油最高，除能榨油外，还可打成细面熬粥。古时，黔州的苏麻子是进京贡品。

说起紫苏，我倒是知道一点，它唤起了我儿时的记忆。妈妈冬天炖鸡，担心食后生寒、咳嗽，必放带根的干紫苏梗。夏天吃凉拌菜时，也常放一点切碎的嫩紫苏叶当调料。说，热天人都贪凉，可疏寒。妈妈还告诉我，紫苏驱寒，是神医华佗发现的。古时候的一个夏天，华佗到三峡一带采药。看见一只水猫子（水獭）咬住一条大鱼，吃了很久，肚子胀得像个小鼓。它一会儿钻进水里，一会儿又跑上岸；一会儿躺下，一会儿又来回转动，折腾个没完。鱼属凉性食物，性寒，看样子它吃多了。后来，华佗见水猫子跑到岸边的山坡上，吃了一些野生紫苏叶，蜷伏在地，一会儿就没什么事了。华佗便知道了紫苏的功效。

我老婆听了苏麻子的故事，很想尝尝。一个“五一”小长假，我们开车两百多公里，来到乌江边的吊脚楼。很遗憾，主人告诉我们，苏麻子要秋收时节才有。

宋黄庭堅下岩序
並詩
唐末有劉道者定州
無極人開道於雲居
膺禪師為開岩第一
祖法號道微自鑿石
龕曰死便藏龕中不
用時日門人奉其命二
百年矣來遊者題詩
不可勝讀莫能起此
開岩者故予作
詩表見之
空岩静發鐘磬
響古木倒挂藤
蘿昏莫道若
岩鎖靈骨時應
持鉢到諸村
下岩寺

打鱼滩

叫老辈子

小时候，姑妈家住的那条街，每家照明线路的总闸都安在居委会小组长家里，每天天亮前做早饭和晚上睡觉前的几个小时才合闸，但每年腊月二十四到大年初三通宵供电。团年那天，姑爷把平时的 15 瓦灯泡换成 100 瓦的，满屋子亮堂堂的，有了过年的气氛。姑爷说，过去点油灯，大年三十晚上睡觉都不吹灯，要点到大年初一早上，叫“一灯照两年”，亮堂，好兆头。

吃团年饭的时候，桌上堆满大盘小碗，我站在旁边吞口水，要让“老辈子”们先吃。其实老辈子们不可能有这个“口福”，他们早已作古。

方桌上摆着八只酒杯，每方两只，姑爷逐杯倒满酒，边倒边念：“各个老辈子，回来团年啰！叫到的，没有叫到的，都请入席！先请喝杯酒！”念的时候，他会称呼几个最亲的人。稍过一会儿，姑爷把每只杯里的酒倒一点在地上，表示老辈子们“喝”了。这样的“喝”要进行三次。然后再舀上八碗饭念道：“老辈子们——吃饭了！”过一会儿，再把饭撒几粒在地上，重复三遍，老辈子们才“酒足饭饱”。川江一带，团年的这种习俗非常流行，称“叫老辈子”，现在都保留着。

姑爷在进行每一个步骤时都神情专注、满脸虔诚，整个过程我早已熟悉。有一年学了《锄禾》的课文后，我问：“把酒和饭倒在地上，不浪费吗？”姑爷听了，立刻停下来，顺手一挥，“啪”的给了我一个耳光，还瞪着眼骂道：“胡说八道！”从没见过一贯宠爱我的姑爷这么凶狠，我摸摸脸，忍着痛，再也不敢乱开口。

“老辈子们下席了！”姑爷宣布烦冗的“仪式”结束，撤走老辈子们的碗筷，轮到我们入席，团年才算真正开始。老辈子们剩下的酒、饭要倒回去，直接让细娃儿吃了“记性”差，读书成绩孬。

团年的规矩多，最忌讳打碎碗和把筷子掉在地上，这是来年不吉利的前兆。姑妈姑爷忙了几天，桌上摆满了盘、碗、钵，哪还有搁放碗筷的地方，我只能用手紧紧端着碗、抓住筷，生怕掉在地上，给喜庆的气氛添“岔子”。

小学毕业那年团年时，我去舀饭，腾出拿筷子的右手握饭勺，左手又端碗又夹筷，一不小心掉了一根筷子在地上。当时吓坏了，幸好姑爷没看见，赶紧捡起来插在裤腰里，另换了一根。但我心里一直忐忑不安，这顿团年饭吃得一点不快活。吃完团年饭，我跑到屋后的山坡上，烧了这根筷子，并在心里一个劲儿祈求老天爷不要惩罚我，也不要惩罚姑妈一家。

团年饭刚开始，不请自来的外人突然登门也是不好的兆头。姑妈把大门关得紧紧的，外面看起来安安静静，屋里却一片热闹。这段日子姑妈也嘱咐我，千万不要随便去邻居家串门。团年饭吃到尾声的时候，又希望有客人到来，是“添人”——人丁兴旺的象征，姑姑家的门会敞开。来的客人一定要留住，请上桌，喝一杯酒，吃一箸菜，哪怕是动动筷子也行，千万不能让他什么也不吃不喝地溜走了。

现在团年，姑爷不再“叫老辈子”了，——他和姑妈也成了“老辈子”。但每次团年，我都给他们准备一套碗筷，请他们“回来”和我一起过年。

癡灘子南漕水
下水船可挽泊
癡灘子

彭溪由新寍縣發
源東流經開縣又
東南歷萬縣至雲
陽界入江今名小
江亦名開江又名
臨江
小江

猪圈子

扯冷疙豆儿

民国时期，开县城狮子楼街有家专卖粮食酒的小酒馆，老板姓陈，额头上长了个大包，外号陈包包儿，是我老婆的嘎祖祖（外曾祖父）。嘎祖祖自己却滴酒不沾，到东街酒市采购酒时，他用食指沾湿一下，拿拇指一捻，就能分出醇劣。选上的，他就对挑担子的酒贩说，跟我走。

嘎祖祖的酒馆称小酒馆，不是看店铺大小，因为只卖酒，没有下酒菜。喝酒不要菜，叫喝冷杯酒，或碰冷杯，自嘲的叫法是“扯冷疙豆儿”——吃了冷东西会引起打嗝。

准确点说，嘎祖祖的小酒馆应该叫冷酒馆才对。来冷酒馆扯冷疙豆儿的人，大多是住在城里的普通百姓，稍有点钱的是进城卖米的小商贩，狮子楼街当年是县城的米市。这些人走进店里，花几个铜钱，喝上一两杯，只为解酒瘾，兜里没有几个钱，一般也舍不得买下酒菜。好酒之人有句话是“有酒便是宴，怪酒不怪菜”。偶尔有人想要下酒菜，可去旁边小饭馆买，再由伙计送过来，都是冷盘的烧腊（卤菜），不点热菜。后来嘎祖祖的冷酒馆门口摆有一个小摊，专卖油炸干胡豆，又泡又化渣，价格便宜，喝酒的人都愿买一盘。

卖油炸干胡豆的是嘎祖祖的女儿，我老婆的外婆。以前外公不愿做事，把分得的祖产田地卖了，坐吃山空。外婆为了糊口，才摆下这个摊，不愿做事的外公没办法了，只好在家炸胡豆，再送过来。外婆的小摊不仅能养家糊口，还赚钱送独女——我老亲娘（丈母娘）上学，一直读到高中。老亲娘因为有文化，做了国家干部不说，并在 20 世纪 70 年代成为开县凤毛麟角的一位女局长。

现在虽然没有专门的冷酒馆了，但川江的乡镇赶场天，随时可见几个老头坐在卖散装白酒的商店里，或是镇上的茶馆，用一次性杯子喝上一杯，下酒菜是一小盘干胡豆、干豌豆，或者一把花生，边喝边摆龙门阵、吹牛皮，叫作喝豆豆酒、吹吹酒。

我小时候住的那条街很小，就是一条巷子，有户人家姓余，男主人绰号“余酒罐”，我们称好酒之人为“酒罐”。余酒罐在码头装卸队挓盐包，挣钱少，家里子女多，一般都是泡咸菜下酒。泡咸菜吃腻了的时候，他拿出两分钱,叫儿子“摆尾子”上街买两个桃子，那种又香又脆的白花桃，一个自己下酒，一个作为“摆尾子”跑腿的奖赏。“摆尾子”是家里唯一的儿子，这个跑腿的“美差”才会轮到他，姐妹们没份儿。有一次我去找“摆尾子”耍，看见余酒罐一个人正喝酒，这回的下酒菜高档，一只咸鸭蛋，敲开了鸭蛋的“空头”。他皱着眉头喝一口酒，然后拿一根筷子，在空头的小窟窿里蘸蘸，放到嘴里抿一下，很满足的样子。第二天我又去他家里时,桌子上还放着那只鸭蛋。我悄悄看了一下，才蘸去一小部分。一连几天，这只咸鸭蛋都在桌子上。

外公在世时，我听他讲过川江桡胡子的下酒菜，那真是特别。没菜的时候，从江边捡一碗拇指大小的卵石子，合着盐巴、干辣子，用菜油炒了下酒，只为吮那个盐辣味儿。喝完酒，吮完卵石子，留在那里，下次又炒。没油没盐的时候，锈铁钉也下过酒。外公没说怎么个喝法，我现在可以想象那个场景：一个桡胡子的酒瘾来了，蹲在船舱，端起杯，也可能是碗，或者就是装酒的罐子，扯几口冷疙豆儿，用舌头舔一下那颗锈钉，接着又是一口酒。然后把酒罐放回原处，又做活路去了。

我问过很多老一辈的老酒罐，锈铁钉当下酒菜的事，他们听都没听说过。也许这是桡胡子代代身传的方法。有一次，我觉得好耍，试着舔了一下锈铁钉，舌头上立即产生涩涩的感觉，瞬间传进胸口，一阵心悸，很不是滋味儿。

后来我读《本草纲目》时，看到用铁锈治病的单方。把锈铁锁烧红，敲下锈，研成细末，兑温开水，含在嘴里，慢慢咽下，可治口舌生疮。古药书上也介绍，男人内热，夜晚遗精，用一钱铁锈末，冷水服下，三次便见效。我想，川江气候潮闷，身强力壮的桡胡子长年在外，不正易患内热、遗精病症吗？

不久前，一个网友在我帖子留言区讲了个故事。有一年，一个农民跑到供销社买了五分钱的红苕酒，像是酒瘾来了，找营业员借个杯子，站在柜台边就喝起来。喝了一口酒后，从口袋里摸出一根锈铁钉舔一下，再喝一口又舔一下。别人问他，怎么舔锈钉子，不要下酒菜？农民回答：我哪有钱买下酒菜，这酒钱是好不容易才找佑客要的，她看我给队上挑公粮累了。锈钉子岔个味儿嘛，总比寡是酒味强点。

一天夜里，我突然想喝酒，不愿讨麻烦，没去弄菜，从泡菜坛里抓起一根胭脂萝卜，一口酒，一口萝卜，酒醇香，萝卜咸、脆，味道各异且差别大，但相配，安逸。我陡然明白，这叫“滋味”！

下屬雲陽

得勝台夏秋水大上水船行漕內水枯岸淺
得勝台

炭巴盐

我童年生活的地方叫云安厂。“厂”为旧称，镇上有一个大盐厂，因清代实行“以厂统井”的盐监建制得名。

来镇上做生意的下江人十分羡慕，说：云安厂是一个金窝窝，盐卤水像一股股银水流淌。这话有童谣印证：“女娃子，快快长，长大嫁到云安厂，三天一个牙祭，五天一个膀，半个月就关回饷。”

有一天，我爷爷来云安厂“走人户儿”，姑爷和他一边裹叶子烟抽，一边摆龙门阵：“老汉儿，你信不？外面再劣的烟叶子，进了云安厂，要不了几天，味就醇和了。”云安厂的天空弥漫着盐蒸汽，滋润了烟叶。

我常听姑妈念叨：“精香百味，没得盐有味儿。”她说从前有个皇帝，问厨子：“世上什么东西最好吃？”厨子回答：“盐。”皇帝很生气：“天天吃的盐有什么好吃的！”认为欺骗了他，便杀了厨子。后来，其他厨子都不敢给皇帝的菜里放盐，吃了几天，皇帝哪还吃得下这菜哟！

20世纪80年代初，川江支流大宁河上游一个乡村山洪暴发，冲毁公路，进出山的交通中断了。山民们并不着急，有自家种的粮食、蔬菜，屋梁上还挂着腊肉，地照种，活照做，学校也正常上课。但没过多久，供销社食盐卖光了，先是上课的学生吃了一天淡食，闹了起来，被迫停课。这下大家才慌了。幸运的是，驻军官兵很快冒险翻山越岭送来两样东西：一箱药品和一吨食盐。

无盐吃的日子现在没人尝过。过去贵州人吃盐，流传着一句俗话，是说盐的金贵："斗米换斤盐"。斗，古代量器，虽然各地各年代换算标准不一，但一斗米起码有二三十斤重。而实际上，贵州很多地方一斤盐要抵五十斤大米，最多时七十斤大米才能换到一斤盐。乌江边有个江口镇，属四川管辖，运往贵州的盐，有一部分在这里起岸后，再由人背马驮走山路去黔北。江口镇有十家盐商号依次轮流负责贩运和卖盐，其中有个姓杨的老板，卖一年盐，赚的钱就能修起一栋房子。

关于贵州人吃盐还有句俗话："斤盐吃半年。"他们菜里是不放盐的，做汤的时候，才把盐在锅中滚几下，马上拿出来。这种吃法叫牛滚凼——牛在水凼里洗澡，滚来滚去，只能打湿一下身体，有的地方干脆叫洗澡盐、涮涮盐。如果出现"盐灾"，有钱人家也买不到盐，吃饭时，拿盐在醋碟里泡一下，赶紧拿出来，然后蘸菜吃。

贵州人买不起盐，又买不到盐，很多人家只有吃悍椒代替，那是一种又小又辣的辣椒。在黔东南山区，据说有的村民三十年没吃到过盐，他们以酸菜汤代替，甚至用稻草灰泡了水，再煮菜吃。辣椒和稻草灰里含钠、钾，可补充盐分。这是我请教了化学老师才知道的。

吃盐艰难，不仅在贵州。河南有个老作家，在小说里写了一个亲身经历的盐故事。河南西部深山里，主妇要去河沟捡几个光滑的小卵石备用。家里来了客人，弄一碗盐开水，放入小卵石，摆在桌子中间。吃饭的时候，客人夹起石子，用嘴抿一下味儿，又放进盐水碗里。吃几口饭菜后，再抿石子。城里的作家听了这故事，不相信是真的，连编辑也把这情节从小说里删了。再有云南，本身盐产较丰，自古多盐井，有黑白两种。但吃了之后，脖子上长"猴儿包"，也就是得大脖子病，缺碘所致。滇盐掺和了川盐后，即无此患。

这些吃盐的故事我都相信，只是不解贵州人的吃法，盐为粉状物，在汤里怎么"滚"？还能拿起来？在醋碟里泡一下，不化了吗？

有一次，我和兄长谢老夫子摆龙门阵，

疑惑才解开了。20世纪60年代初，年轻时的谢老夫子在贵州修铁路，看到当地人煮汤，提着一块像石块的东西，中间凿有一个小孔，用细绳系着，顺锅边涮几圈，马上提出来。谢老夫子以为这有什么讲究，便问“石块”是什么。回答：“盐。”谢老夫子进一步弄清了，这叫“炭巴盐”，为坚硬的块状物。川盐入黔路程远，起码一两月，乌江船运，江水湍急，起岸后人背马驮，山区雨雾天气又多，炭巴盐途中可减少受潮损失。

后来，我读贵州老作家蹇先艾的小说《盐巴客》，川黔古道上，过去经常有背子（背夫），一路几十个，背着仿佛大理石块的物品，一块块重叠在背篼上，从旁边侧身而过的人，很担心滚下来打破头。这就是炭巴盐。

重庆摄影家汪昌隆给我摆了一个龙门阵，他在川滇古道上听来的。过去背子、挑夫和抬轿的、赶马的，每晚住店后，老板首先要问：“几转儿？”是问晚饭的菜汤里，炭巴盐在锅里转几圈，按圈收钱，老板要提前安排，做到心里有数。盐肯定要吃，这样才有气力赶路和背、挑货物。如果这趟生意找钱“泡和”的，就财大气粗地回答：五转！手头紧的，便轻声道：三转儿就够了。

我以为叫炭巴盐，是因为形如炭块，又是黑色。谢老夫子却说，炭巴盐是米白色的块状物。接着，他摆了个杵杵盐的故事。缺盐吃的时候，有的小娃儿哭闹着找大人扯皮。无奈之中，父母或其他长辈就找一块像炭巴盐的白石块，在小娃儿的饭菜碗里杵几下，哄骗说：“有了，有了，给你饭里放杵杵盐了。”

自贡老盐工“笑罗汉”告诉我，盐分“巴盐”和“花盐”，巴盐为块状，花盐是粉状。烧煤熬出来的巴盐与花盐，分别叫炭巴盐、炭花盐，烧天然气熬来出的便称火巴盐、火花盐。而熬制巴盐，从点火、注卤，到煎干、冷却，大概需要四天四夜才能成形。

天然气熬盐？笑罗汉解释道，最早在东汉时，四川已有天然气井了，称“火井”，邛崃火井镇因此得名。明清时期，四川发现了更多火井，用竹管引气到盐灶房，最长达三十多里。为不使竹管连接处漏气，用漆布包好。气量大的火井，可供多个盐坊使用。我这才完全弄清了炭巴盐的来龙去脉。

我们云安厂虽不缺盐，却也有一种关于吃盐的俗语，我听姑妈念叨过：淡了还有改，咸了没得改。

巴陽峽

上屬萬縣

碎碎儿肉

20世纪80年代中期，我在食品公司做了几年杂工。当时出售鲜猪肉时，骨头与肉不能混着卖。因为猪肉供应紧张的情况刚得到缓解，用买肉的价钱合着骨头买，顾客当然不愿意。屠宰场在卖肉前必须剔下骨头，这样，大量的筒子骨、盐铲骨、肋骨、脊骨堆着是一个难题，只能当作下脚料，非常便宜地卖给自己单位的伙食团。

我们伙食团的炊事员很精明，他把猪骨头冲洗干净后，放在直径约一米的大铁锅里炖着。水将要开的时候，骨头里的血腥水泡子浮在锅边，马上用勺，不厌其烦地一遍遍地舀干净。他说水开穿了，泡子散开，溶进汤里，又脏又带腥味儿。骨头炖上一两个小时，滚开的锅中水慢慢减少，面上浮起一层油汤。那是真正的粮食喂的土猪，都是从农户家收购来的，连骨头的油水也多，油汤浮着厚厚的一层。炊事员拿勺顺着锅边，轻轻舀进盆里，边舀边炖，边炖边舀，直到浮起的油汤基本舀尽，锅里的骨头也完全炖好了。于是，捞出来用大筲箕装起，沥水、晾干后，用小刀儿把骨头上巴着的筋头和肉剔下来。

肉比骨头值钱，巴在骨头上的毕竟是少量的，又早被炖得熟透了，剔下来后全成了一些碎碎儿，我们就喊“碎碎儿肉”。也有人叫“剔骨肉”，我觉得没“碎碎儿肉”好听。

剔下的碎碎儿肉水分重，不能急于炒食。先倒入锅中不停地翻炕，一定不要炕糊了。水分渐渐炕干后，慢慢炕出了油，香味儿扑鼻。火候差不多了，撒一把切成片块的泡椒、泡姜和大段的蒜苗截，如果觉得有点干的话，可以舀一勺先前舀在盆里的油汤，合炒几下立即起锅。

伴着泡椒泡姜合炒的碎碎儿肉非常出味儿，让人食欲猛增、胃口大开，最香、最有嚼头的是筒子骨上那些筋头，现在想起就吞口水。自然还要来一碗浓酽如奶的骨头汤，本味不放盐，清煮一把青菜叶。

吃完碎碎儿肉，喝尽骨头汤，灶上的大铁锅空闲了，炊事员把舀在盆里的油汤倒进去。不一会儿，水在煎熬中嗞嗞响，而且响个不停，直到响声停了的时候，又得到一盆上好的骨油。趁热撒些干花椒进去，再次香味儿扑鼻。

现在年龄稍微大一点的人，即使没吃过碎碎儿肉，也大都知道和听说过这道菜。以往罐头厂生产罐头时，也要剔下大量的猪骨头，熬了骨油后，剔下的碎碎儿肉非常多。罐头厂的伙食团吃不完，拿一部分到菜市场去卖，价格比鲜猪肉便宜，又是熟食，很划算。寻常人家的主妇会过日子，一般都要买点回去，炒一碗泡椒碎碎儿肉，一家人高高兴兴打次“牙祭”，个个喜笑颜开。

巴陽峽上有蛇家嘴舟人以驗東洋灘水記蛇嘴現出則東洋浪大若現五六尺則東洋之水即號為東𠂢圈矣東𠂢圈言漩大也下水船宜謹防之
下山龍

巴陽峽夏秋水大上水船由蛇家嘴渡兩岸

上水船由太
陽磧渡過
北岸務宜
小心
太陽磧
太陽溪

徐那洞春冬水
徐那洞
鴨蛋石

霉皮子

霉皮子这道菜在川江沿岸没有一点名气，菜名也不好听。看到这个“霉”字，就让人提不起食欲，没了胃口。但云阳人却喜爱有加。

做菜前要先去菜市场买霉皮子坯料，冬季和初春时节才见得到，也只有云阳才有，其他地方没见过。首先，豆腐作坊做出一张张很薄的豆皮子，差不多像时尚杂志的铜版纸封面那样厚薄。再把一张张豆皮子切成整齐的长方形小块，然后卷成一个个小筒，晃眼一看，像是裹的春卷儿。小筒卷儿挨个摆放在木框里，框底只安放几根竹篾片，便于透气。一个个木框里摆满小筒卷儿后，端进密封的屋子贮藏，保持二十度左右的室温。三四天后，小筒卷儿瘪了，因为发酵还黏连在一起，成为一个整块，面上生出一层茸茸的雪白雪白的霉，十分可爱。这样，霉皮子坯料就算做成了。

霉皮子的烹调过程各有不同，必是做成糖醋味儿的才好吃。小时候守着灶台看妈妈做霉皮子，先切成大拇指大小的块儿，冷锅时倒进去，用小火慢慢炕干水分。那时候用煤炭灶，把火钳横插在炉膛上，再架铁锅，锅底离炭火远一点，就算是小火。霉皮子炕干了，上面的霉也消失了，妈妈抽去锅底的火钳，改成大火，放菜油翻炒至金黄，再添加蒜苗头、干海椒，炒出香辣味儿，然后把事先加白糖和醋调好的芡水倒进锅里，炒到收汁后起锅，顿时一股醋香扑鼻。吃进嘴里，先是糖醋味儿，后留有涩涩的余味儿。我想，这涩涩的余味儿，可能来自豆皮发酵后的霉吧?

川菜中的糖醋味儿很常见，如果加上涩味儿，那算是风味十足了。当年妈妈做这道菜时曾说,芡水里的糖醋比例要掌握好，不能太甜，也不能太酸，还要兑清点，太酽了收汁快，糖醋味没入霉皮子，涩味儿重了，就不好吃。

后来我妹妹做霉皮子，既讲求好吃，又要好看。她把霉皮子切成三角形的，不用小火炕，待菜油在锅里六成热后，直接做成酥脆霉皮子。妹妹说，枯脆的霉皮子吸味快，糖醋味更浓。霉皮子酥脆后起锅，留点底油在锅里，炒香蒜片、干海椒，再倒入霉皮子翻炒，最后与妈妈的方法殊途同归：勾入糖醋芡水，收汁起锅。

居住在外地的云阳人，心里念叨这道风味十足的家乡菜，一入冬，便想方设法，托人从云阳带回霉皮子解嘴馋。有一次我开车回云阳老家，回城时帮朋友捎带了一大纸箱霉皮子，我说解馋也用不了这么多呀?朋友回答，送一些给城里的其他老乡嘛。

霉皮子坯料的制作技艺并不复杂，也不费力，各地类似的霉豆制品比比皆是，不明白怎么只有云阳人才做，并且其传统制作技艺还被列入了重庆市级非物质文化遗产保护名录。

長沙尾急
流洶湧舟
人須當謹
防
長沙尾

野土地一帶
水勢湍流行
舟切毋大意
野土地

黑箱子夏秋水大
下水船須繞北岸
為要不可大意

吊鈴灘枯水
急流上水船
須用長芸

羊肉格格儿

川江三峡地区山高草茂，乡民们历来习惯饲养山羊。一大早把羊子赶到荒草坡上敞放，晚上再牵回来，羊吃着草就长大了。直到20世纪80年代中期，大宁河一带有的乡民放羊，直接把羊丢在岩洞里不管，隔一年后等羊子长大了，再去捉回来。而乡民养猪很花本钱，关在圈里，每天要由人煮食喂食，还得搭上饲料，猪肉价一直都比羊肉贵。20世纪五六十年代，猪肉每斤三角左右，羊肉大约卖一角钱一斤。三峡一带的人便喜吃羊肉。

粉蒸羊肉是寻常人家最常见的吃法之一。把羊腿肉宰成小坨，加入剁椒、姜粒、豆瓣酱、香油等调料，再拌上米粉子搅拌均匀。制作米粉子时，大米里掺一些糯米和少许的花椒，在锅里炒香后打成粗颗粒的粉子。过去农家用碓窝舂碎，或石磨推细最佳。拌米粉子的时候，如果加一点鲊海椒，味道就不一般了。鲊海椒本身就是一道颇具特色的民间美食。拌好调料和米粉子的羊肉拿土碗装着，放到木甑子或竹编大蒸格里用猛火蒸熟。碗底最好放上一两片鲜柑橘树叶或鲜橘皮、陈皮，可去膻味。羊肉下面还可以垫些红苕、芋头或洋芋做底子，我一般垫几坨老南瓜，这样荤素搭配，素底子又浸润了油脂，格外好吃。如果家里待客，装土碗的时候，红苕、芋头这些底子要放在羊肉上面，上桌前把土碗翻过来扣在盘子里，称之为“扣碗儿”。三峡一带地方方言，碗字须发儿化音。扣碗儿表面圆圆的，装在盘子里好看；肉在面上，表明对客人尊重，主人有面子。

街头餐馆里的粉蒸羊肉不用土碗，拿一个个土碗大小的竹笼格子装，再一个重一个地叠起，叠上七八上十个，直接端到铁锅上蒸。一格一格的竹笼自成一个小小的甑子，原理如竹编大蒸格，大家形象地称“格格儿”，成为川江一道著名的小吃。三峡地区的人称小巧的东西往往用叠字：格格，同时发儿化音。“羊肉格格儿”因此就叫开了，重庆、长寿及上川江一带的人，又喊“笼笼儿”。

当年餐馆里用竹笼格子蒸羊肉并不是别出心裁。土碗再便宜，要花钱买。山坡上竹子自生自长多的是，砍回来，不论餐馆老板自编或请人做都划算，以前劳力不值钱，老百姓常说“力气去了又来嘛”。过去木匠画墨线，一分钱一支的铅笔也不用，花时间自己做一只“篾签儿”替代，也是这个原因。用竹笼格子还有两个好处：不会打碎；蒸、取都十分方便。

民国时期，川江码头有很多搬货、挑水、抬轿的下力人，还有船工、旅客、货主以及闲散游民。一些餐馆老板在江边搭起简陋的摊摊儿、棚棚儿，用篾笼、泥巴敷成的土灶上架着一只大铁锅，锅里的木蒸隔上高高叠着热气腾腾的羊肉格格儿，两分钱一个，价廉味美，自然受到喜爱。旧时开县城狮子楼街米市，有一两家卖羊肉格格儿的小餐馆，生意非常兴隆。进城卖米的小贩节俭，但又想沾荤，每到中午时走进小餐馆，要一碗“冒儿头”米饭和不要钱的合汤，再打一提老白干，加上一个羊肉格格儿。不一会儿，酒足饭饱，花钱不多，又打了牙祭，很是满足。那些食客对吃自有一套，笼格子刚上汽几分钟，才开始滴水，肉正好熟过心，就喜欢吃这个时候的羊肉，觉得有嚼头，就着一杯酒，细嚼慢咽。这种吃法俗称“滴笼水”，现在一些餐馆误写成了“一笼水”。

我第一次吃羊肉格格儿是刚上初中时。每天上学经过云阳西门老城墙那条街，一家国营小餐馆门口的灶台上热气冒冒，高高重叠的羊肉格格儿总是飘着诱人的香味。在建筑工地做小工的表姐，有一次结账后给了我三角钱去买“娃娃儿书”，我路过小餐馆时，终于没挡住诱惑，溜了进去。一个羊肉格格儿七分钱，我拿定主意只吃一个，既解了馋，剩下的钱还能买到娃娃儿书。那时候平白无故下馆子，会给人好吃懒做的印象。我生怕遇见熟人，心里怦怦直跳，还没来得及细品，一个格格儿就被狼吞虎咽地吃完了，留下回味在儿时的记忆中。

万州本土作家谢老夫子告诉我：解放初期，万州城的格格儿销声匿迹了，改革开放后重出江湖，第一家店是“本家”开的，叫“谢格格儿”。开初，一个格格儿卖一角五分钱，配送一碗萝卜汤或海带汤。后来慢慢涨价为两角、三角、四角。20 世纪 90 年代初，我在万州城工作时，“谢格格儿”卖到五角钱一个了。周末,我和朋友约起下馆子时常光顾。一杯老白干、一碗萝卜汤或海带、绿豆南瓜汤，就着时事、抱负与文学，还有爱情的话题，一个格格儿接一个格格儿地吃。再也吃不下的时候，每人面前最多叠起五六个空格格儿，几块钱就搞定了。当时格格儿正在悄然变化着，除羊肉外，还有粉蒸肥肠、排骨格格儿，名称上已去掉“羊肉”二字，直呼吃“格格儿”。肥肠比羊肉少卖一角钱一个，端格格儿的手把要短一点，结账时，餐馆老板一眼就能区分出来。

现在羊比猪少，羊肉比猪肉贵了，万州的格格儿餐馆却越开越多，各种格格儿一个价，卖到九块十块钱一个，食客仍然盈门。上班族午餐时间，一个人或者几个人邀约一起，吃几个格格儿，方便、快捷。吃完还有剩余的时间午休一会儿，或继续上午没忙完的事。那些年轻的女孩下班后要去逛街，为不耽误时间，吃一个格格儿、喝一碗汤也就饱了。周末，大人小孩一家子在外面玩累了，懒得回家做饭，吃一顿格格儿，简单又实惠。格格儿可谓万州市民的大众快餐。

吃惯了格格儿后，食客又想尝尝扣碗的美味，近几年万州城的土扣碗餐馆如雨后春笋般出现在大街小巷，数量远远超过了格格儿餐馆。说实话，格格儿远没有扣碗好吃，因为格格儿装不住上汽水，米粉子和羊肉、肥肠缺少水分滋润，吃起来干渣渣的。

土扣碗餐馆的品种除了羊肉、肥肠、排骨外，还有粉蒸猪肉、糯米圆子、清蒸老南瓜和烧白，更受食客喜爱。

猴子石水
勢湍急上
水船慎毋
大意
猴子石

瞽子鸡

奉节民间美食“竹园瞽子鸡”的烹制器具很奇巧，初看是一只普通的圆柱体陶瓦罐，中间有些凸，像民间乐器腰鼓，名为“瞽（gǔ）子”。瞽不是常用字，不注音的话，很多人不认识。这种叫瞽子的器具，主要是竹园镇的乡间民窑在烧制。

瞽子鸡主料是宰杀、洗净后的一整只农家土鸡，合着小坨的老腊肉，当然有腊猪蹄膀加进去再好不过了，蹄膀适合炖着吃。配料菜为农家腌制的陈年大头菜，切成片。大头菜学名芜菁，外形酷似圆头萝卜，像做榨菜一样风干去水分，再用盐浸渍后放到坛子里干贮，称腌菜，农家人叫干咸菜，它与榨菜、芽菜、冬菜合称四川民间四大腌菜。大凡熟悉川菜的人都知道，做菜时，特别是在汤里适当加些大头菜、榨菜，可提味增鲜。配料菜也可根据自己的喜好，加入蘑菇、香菇、竹笋、竹荪等。

主材和配料菜放进瞽子后，并不是直接拿到灶上炖煮，而是放在铁锅里蒸。瞽子底部的边缘均匀地分布着四个小孔，瞽子内壁的上口边缘也相应地有四个小孔，这上下小孔之间有四条空心暗槽连通。当铁锅里的水烧得滚开时，蒸汽便从鹽子底部的四个小孔纷纷钻进去，再从内壁的四个小孔喷出来。鹽子里的食材都是干放进去的，不掺水，全靠小孔喷出的蒸汽汽熟，时间至少要四个小时，鹽子鸡的别名也叫汽锅鸡。汽熟的土鸡和老腊肉少了许多的油腻，其形态仍然保持着原样，吃到嘴里却已烂熟。

食材是干放进去的，我们品尝到的鹽子鸡却有汤有水，而且喝起来还非常鲜，汤又是从哪儿来的呢？在汽蒸过程中，鹽子里的蒸汽很多，鹽子盖上面有几厘米高的沿边，是一只瓦盘盖，里面掺满了冷水，并随时更换，保持一定的凉度。当鹽子里的蒸汽碰到凉瓦盘盖后，便凝成蒸馏水，滴在食材里，化汽为汤，合着土鸡的鲜、腊肉的香，特别是混合了陈年大头菜独有的腌味，就有了一锅鲜美的鸡汤。

鹽子的“鹽”不仅不是常用字，而且字义与烹制工具也毫不相干，鹽为古代盐池名，也是“没有经过熬制的盐”，还解释为：不坚固、停止。我想，是不是它本身就叫“鼓子”，当地人为了独特，才用了“鹽”字？

正疑惑时，一位奉节文化人告诉我，这个“鹽”是个错字，正确的是“鼞”。20 世纪 80 年代中期，这位文化人在竹园镇第一次品尝到“gǔ 子鸡”，十分感叹它独特的魅力，撰文在《四川日报》上做了宣传。“gǔ”字在当地只有读音，乡下小店也没招牌，不知是哪个“gǔ”，他做了很多比较，如果按陶瓦罐的外形叫“鼓子”也可以。但文化人毕竟要彰显个性，觉得“鼞”字字义是“一种周围陡直的深锅”，适合命名这个烹制工具，于是采用了这个不常用的“鼞”字。

电脑普及后，用拼音和五笔输入法，都无法打出“鼞”字。而文化人当年是用钢笔手写文稿，报纸由铅字排版印刷，现铸一个生僻字也容易。以至于后来奉节县在申报非物质文化遗产项目时，只好选择同音、形似，但义异的“鹽”字代替。

2011 年 4 月，“竹园鹽子鸡”的传统制作技艺被正式列入重庆市非物质文化遗产保护名录，便成了“鹽子鸡”。即使现在电脑上可以打出“鼞”字来了，大家却习惯了“鹽”子鸡，或“鹽”与“鼞”混用。

名勝志西山去縣城
三里有絶塵龕三字
及唐人詩刻相傳李
太白讀書於此崖下
有池宋郡守馬
元穎嘗有闢
所鑿廣一
畝植以芙
蓉荔枝果
凡三百
本宋
黄庭堅有
記至今石刻
猶存
太白岩
萬縣

寰宇記使君灘在
萬州東二里大江
中晋楊亮赴任益
州船行至此覆
敗名
紅沙磧

桂魚沱

盤龍石古曰石龍
又名盤龍磧水經注江水
東經石龍水至於博望二
村之間有盤石廣四百丈
長六里夏没冬出基
亘通渚
盤龍石
千斤石

小火锅

重庆火锅最早出现在街头餐馆的时候，木桌上放一个小炉子，上面架一只小铁锅，食客抬着手臂才能在料汤中拈菜吃。后来，有的火锅店老板想了个法子，把两条板凳重叠起，客人坐得高，拈菜就不抬手了。这样，手是不抬了，可桌子又矮，背躬起不舒服。但这些都丝毫不影响“好吃佬儿”对火锅的喜爱。

20 世纪 80 年代初，重庆火锅店的木桌中间兴起挖洞，洞口大小与铁锅一样，煤炭炉子放在洞下，再架上熬着料汤的铁锅，锅口正好与桌面齐平，或稍冒出一点也无妨。这才安逸了，既不抬手，又不躬背。渐渐地，木桌变成了砖砌水泥桌，面贴白瓷砖、花岗石，好看、干净，而桌洞下的煤炭炉也换成了液化气、天然气灶。

我生活在下川江的小县城，桌面挖洞的重庆火锅还没传来时，第一次吃火锅，用的却是北方人吃涮羊肉一样的金属锅子。最初，我在老电影里见过，锅子是铜质的，锅盆中间的炉膛烧着无烟杠炭。20 世纪 80 年代，我们单位每年要召开年终工作会，聚餐时在院子里摆席桌。

冬天饭菜容易冷，有一次，食堂掌勺师傅安排用锅子吃火锅，一个个吃得满头冒汗，全身热乎乎的。不同的是，这些锅子是铝质的，当时江浙一带小商品进入内地，市场上有卖，一些住家人户儿也买回家里吃火锅。用这种锅子吃火锅，除了新奇之外，更有一种复古的滋味，我记忆特别深。

20 世纪 90 年代初，这种铝质锅子走出了食堂的席桌和住家人户儿的饭桌，一时间出现在万州城街头巷尾的餐馆，遍及大街小巷，并有了一个好听的新名字：小火锅——区别于桌面开洞的重庆火锅。锅子的炉膛里燃烧的不再是杠炭，而是价廉的蜂窝煤。火力小的时候冒煤烟，在炉膛口套一个小烟筒抽风，一会儿炉火旺旺的。

重庆火锅的普遍吃法，是在熬好的滚开的料汤里，食客夹起毛肚、鸭肠、腰片之类菜品，生烫而食。而小火锅的食料以猪肥肠、络膈肉和牛肉为主，由餐馆师傅红烧煮熟后备用。有客人来了，师傅在锅子盆里放进生豆芽或生白萝卜片垫底，再舀上他们点的品种，并添加一些汤汁，豆芽或萝卜片合着汤汁煮熟才入味。餐馆给每个小火锅另外又配了一小篮素菜：菜叶、粉条、海带、豆腐等，客人可自愿放在锅盆里煮食。菜品中的络膈是猪胸腔和腹腔间的分隔肉，学名横隔膜，吃起来像牛肉一样有嚼头，但肉质比牛肉细嫩。与单纯的红烧菜相比，小火锅热烙，多样化一些，除红烧品种外，也有清淡的猪蹄花儿、猪肚条儿和猪肉丸。猪肉丸不事先煮熟，吃的是鲜和嫩，师傅放一些番茄后，端上客人的餐桌现煮。

吃小火锅很灵活，食客如果只有一两个人，可以肥肠、络隔、牛肉分别舀一点，都是红烧的，混合一锅不串味。食客人多的时候，每个品种来一锅，哪锅吃完了，觉得好吃，或者不够吃，可以按份添加。

比起重庆火锅来说，万州小火锅不用一直开着液化气或天然气熬着料汤，一锅只用一个蜂窝煤就行了，现在只是一块固体酒精做燃料，成本低，不欺客，不收锅底费。因此生意非常火爆，有的餐馆几十张桌子都坐满了人，旁边还有坐等空位的食客。

这么实惠又生意兴旺的小火锅，不料几年后，一夜之间消失在万州城的大街小巷。我想可能食客吃腻了，也许是一窝蜂地开店的缘故吧，一直不得其解。但很怪，大概七八年后，小火锅店又悄然出现在万州街头，个个生意出奇好，常常食客满堂，热闹非凡，实惠的特点仍在。留意观察，却有了一些变化，主要在晚餐时段营业，店没以前那么多了，品种添了不少：麻辣的猪、牛、羊杂烩，红焖羊肉与鸡，清淡的酥肉、酸菜鱼和腊排，都是让“好吃佬儿”流口水的美食。

趁早好好品尝万州小火锅吧，要不然有一天它又消失了哩。

明鏡灘上水船漕內
難行即行漕外須
用長縴

腊猪油

三峡地区的农家杀了年猪，从猪的腹腔内取出两块雪白的板油，一般都是直接熬成一锅油，俗称化油或化猪油，装在几只土瓦罐里贮存起来慢慢吃，或送一罐给亲戚人户，这是物资匮乏年月相当贵重的礼物。也有的农家，把板油做成了一种腊油。

腊月里天寒地冻，板油取出后，不一会儿油脂开始凝结，这个时刻正好。把整块的板油紧裹成一个卷，一边裹，一边往油上撒些盐，面上都要抹遍，同时要撒一些干花椒。板油卷裹完后，外面用大片的菜叶子包好，遮灰尘。再扯几条棕榈叶顺手绞成麻花绳，捆了板油卷，挂到灶屋房顶的檩子上，那里早就拴有挂钩，预备每年挂腊肉用。农家做饭、烧水、煮猪食都烧柴火，苞谷秆、麦秆、豆藤和松树枝、柏树枝等品种多样，烟味各不同，弥漫在灶屋里。从农历腊月到三四月间，慢慢熏干板油卷的水分，盐和花椒也早已入味。初夏前，从房檩上取下油卷，切成拇指大小的条块儿，装入土瓦罐里，盖上一个土碗封口，腊猪油就算做成了。

炒洋芋片、洋芋丝或烘四季豆与洋芋坨的时候，拿筷子从罐里拈几块腊猪油，放进烧热的铁锅里，锅铲一压，“嗞”的一声，油流了出来，热烟一冒，顿时腊香味扑鼻，并飘满整个屋子。吃面条时，也煎一两块，放入少量的洋芋丝炒几下，还脆生生的时候就掺清水，煮开，熬一会儿，再下二两面条，洋芋丝鲜、腊猪油香，又有盐味，不需再放其他调料了，连面汤都要喝干。不过这种腊猪油只适合做些乡村土菜，还必须是素菜，如果拿来做什么红烧鱼或炒个鸡杂，羊、牛肉什么的，那味道就会喧宾夺主。就是炒素菜，也不能与青叶菜相伴，腊香与叶菜青香会发生冲突。

有些农家的年猪膘肥，熏制的老腊肉太肥腻，吃不下时也熬成油，炒菜时飘散着腊猪油一样的香味。但吃在嘴里，缺少猪板油做成腊油的那种油的醇香。

过了清明、端午，天气变暖后，一些低山农家的老腊肉开始哈喇（变味），吃着夹口。如果不是栽秧、挞谷时要待客，一般都不会存放这么久。而腊猪油再放到什么时候，都不会哈喇，做菜时仍是那么香。我估计是裹卷时撒了干花椒的缘故，花椒压住了哈喇味。

这几年我一直住在乡下整治山坪塘（堰塘），经常用老乡家的柴火灶和铁锅，自己动手做饭吃，自得其乐。

乡下赶场天才能买到鲜猪肉，有一次冰箱里的肉吃完了，这天又不赶场，我们也没农家老腊肉可吃，眼看只能吃素了。跟我一起在乡下整治山坪塘的小弟，从小嘴刁，每顿都想肉吃，这时直咕哝：谁叫你事先没准备。

已时至中午了，我住在一个外号“王日白”的老乡家里，和他早已混得很熟，像在自己家里一样随意。我立马从菜地里摘来一个二老瓜，那种青而泛黄、不嫩不老的南瓜。洗净剖开后除去瓜瓤，切成小坨准备在那儿。又顺势搭起板凳，从他房檩子上吊着的腊油卷上割下一小块，直接切成小条放进铁锅里煎。不用洗，外面包有菜叶遮灰尘，干净，往往洗时沾了水，在锅里噼里啪啦乱炸，溅起来会烫伤手、脸。柴灶火大，铁锅传热又快，一下子就煎出油来了，灶屋里弥漫着腊香味，惹得我直吞口水。我又往锅里放些花椒，把备好的二老瓜坨倒进去，不停地翻炒。油香味完全炒进了瓜坨里，看着表面已熟，再掺瓢清水刚好淹过瓜坨，放盐，盖上锅盖，烧中火煮瓜。大约十多分钟，锅里的水煮干了，瓜坨也就完全熟了。

从锅里铲起的南瓜坨装了一小盆，我和刁嘴的小弟一口气吃完了。他竟然吃得津津有味，连声说：香！好吃！没想到腊猪油炒菜这么安逸。

后来离开王日白家时，他要送我鸡蛋和老腊肉。我摆着手，找他要了半卷腊猪油，带回去慢慢吃了一年多，一直还想念那味儿。

桐子園夏秋水大勢極洶湧行舟須要小心

席佛面夏秋水愈大愈險巨漩洶湧行舟須要謹防

扁担岩形似扁担故名

合　汤

四五岁时的一天，我走了很远的山路，还过了一个拉拉渡，跟姑妈去白水滩窑罐厂买瓦缸。挑了很久，姑妈选了一口带凹瘪痕迹的瓦缸。我十分不解，为何选这么一只？

瓦缸横绑在背篓上，姑妈背着，然后牵着我的手回家。路过毛坝供销社的一个食店时，早过了午饭时间，姑妈进店歇气，给我买了一碗包面（抄手），自己吃随身带的苞谷粑。这时候，食店一位中年女服务员端来一碗清汤，姑妈吃一口苞谷粑，端起碗喝一口。

许多年后我才明白，姑妈买的那口凹瘪瓦缸可以便宜点，为了省下钱给我买包面。女服务员端给她的汤不要钱，称“合汤”。

合汤是什么汤？我又是许多年后才明白的。那时候的食店烧煤炭土灶，用烟囱扯火力和抽煤烟，往往灶膛的火力也跟着往外扯了，打灶的师傅便在灶台靠烟囱的位置嵌入一只铁鼎罐，厨师利用余热烧一罐白开水在那里，煮汤和炒菜时勾卤汁水都用得上。厨师时不时把剔下的骨头和需要焯水的肉，放进鼎罐里熬、煮，白水有了肉鲜味，煮汤、勾卤汁水可以增鲜。这就是合汤，相当于现在烹饪时炖制的高汤。

以往年月，贫穷的人多，来食店吃饭大多是为了饱肚子，一般不点汤，服务员都会在鼎罐里舀一碗合汤，撒上葱花，免费送给客人。这是那时候食店的普遍规矩，客人们自称“欢迎汤”。

我第一次喝合汤是三十多年前了，是在云阳汤溪河边的一家小食店。我一个人，点了份豆干炒回锅肉。正开吃的时候，老板端上一碗淡乳色的清汤，面上飘着刚撒上去的绿绿的葱花，淡淡的肉香夹杂葱的辛味，扑鼻而来。这是初冬，我赶紧端起这碗热汤，喝了一口，没放盐，腻而清淡，一股暖流从心底涌出。老板本来在汤碗里放了一只陶瓷调羹，我没用。一勺一勺地喝，假斯文。这乡场，这小店，这合汤，一个人，直接端起碗喝，才配！

姑妈的女儿也就是我的表姐，在云阳县城人民饮食店当服务员，有一天我给她送午饭。在食店上班，吃自家的，现在听来不仅是新鲜事，还会被当成笑话。那天店里来了一对农村人打扮的年轻夫妇，可能是来城里看病的，提着叠捆的一串中药纸包。两个人只买了一碗米饭，没要任何菜。丈夫说自己不饿，让妻子先吃，妻子把饭碗推给丈夫说“我吃不下”。表姐见状，拿了一个空碗给他们，把米饭分成两份，然后用土海碗舀了一大碗合汤，葱花加量，还特别舀了一调羹酱油在汤里，端给这对农村夫妇。他俩不停地点头，谦卑地叫着“劳慰了！劳慰了！”表姐说：“合汤不要钱，来的都是客！”表姐没上过一天学，连自己名字都不会写，却说了这么一句有人情味的话，我至今记得清清楚楚。

20 世纪 80 年代中期，我在川江巴阳峡一个渡口小餐馆喝过另一种合汤，更有滋有味。这是一个冬天，江边沙滩上临时搭起了篾棚小食店，老板兼厨师。炒菜之后，不论荤素，锅里稍留一点菜汤，我们称卤汁水，有时候比菜本身的味道还好。小时候我爱用卤汁水拌饭吃，特别下口。那时炒菜少用油，多加合汤易熟，菜里的卤汁水比较多。

锅里留下的卤汁水，厨师再加一两勺清水，放入姜粒，烧开为汤，也撒葱花，不要钱。这种汤融入了炒菜的调料、作料，有盐有油有味，大方点的老板还会在汤里甩几片菜叶，那就更安逸了。巴阳峡当地的乡村文人马老头，给这汤取名“神仙汤”。有人说这是“洗锅水”，我听了，觉得有点煞风景。

现在食店餐馆早没了合汤的踪影，可我还没弄清为什么叫合汤？也可能是“和汤”。合汤不再有，“神仙汤”倒是自己可以在家里试一试。

主编简介

任竞，男，现任重庆图书馆馆长，重庆市图书馆学会理事长，文学学士、中共党史专业研究生，研究馆员，“文化部优秀专家”，重庆市宣传文化“五个一批”人才，首批“重庆英才·名师名家”。此外还担任重庆市古籍保护中心主任、重庆市政协文化文史及学习委员会副主任、重庆市科委软科学项目专家评审委员会委员、重庆市社会科学界联合会第三届委员会委员。

作者简介

陶灵，男，1964年出生，重庆云阳人，工程师。主要从事川江人文研究与写作，在《儿童文学》《散文》《散文·海外版》《散文百家》等报刊发表过作品，有散文入选小学语文阅读课本和《中国当代儿童文学精品库·散文卷》，出版散文集《川江记忆》《川江往事》。